A Bezeichnung für eine Person, deren Name dem Sprecher oder der Sprecherin gerade entfallen ist,

B deren Name im Eifer des Sprachgefechts nicht des Nachdenkens wert erscheint,

C deren Name von untergeordneter Bedeutung für den Handlungsstrang der Erzählung ist, wobei in allen Fällen

A–C der Sprecher oder die Sprecherin vom Zuhörer zwingend erwartet, dass dieser ganz genau weiß, um wen es sich beim „Ding" oder bei der „Ding" handelt.

Für B.

INHALT

De Schambes

De Dschonni Rapunzel

Die Heimat

INHALT

DAS VORWORT

Wenn die Mundart tanzt

Schon Freiherr von Knigge hat das Pfälzische als „schreiend“ beschrieben; seither hat dessen Image nicht gewonnen. Es soll Pfälzer geben, die glauben, ihre Sprache klinge provinziell und nach Hirschgeweih vor Mustertapete.

Kritiker müssen Michael Konrad lesen: wie der Landauer in seiner Sonntagskolumne „Ich mään jo blooß“ den Reichtum pfälzischer Sprachnuancen ausbreitet, Eigenheiten aufspießt, Iwwerschwang und Babbeldrang einfängt, aber auch ungeahnten Minimalismus, der mit „Un, wie?“ und „Jo alla!“ ganze Welten ausdrückt.

Konrads Heimatsprache tanzt, aber tümelt nie. Der Autor nimmt ironisch und selbstironisch unser aller Lebensdurchgewurschtel aufs Korn, unsere Scharmützel und unser Scheitern, unser Driwweliere und Simmeliere. Einen literarischen Kosmos hat er dafür geschaffen, lässt seinen Helden ächzen unter den von der Mitbewohnerin auferlegten Pflichten, den Ansichten der grantigen Dannde Liesel, der Lässigkeit des Kumbels Fred. Wobei gerade die Tante als Alter Ego einiges zur Analyse des politischen Geschehens in Pfalz, Land und Welt beiträgt. Die Mundart nimmt jeder zornigen Attacke das Verletzende. Sie ist, wie Pfälzer sind: unverblümt herzlich und herzlich unverblümt.

Kerstin Witte-Petit

Die Autorin war Leiterin des Kulturressorts der „Rheinpfalz“ und Redaktionsleiterin der „Rheinpfalz am Sonntag“

DE DING

Jetzt heer doch emol zu ... !

„Die Daache hawwich de Ding getroffe, un der hot mer verzehlt ...“

„De Ding?“

„Ja, du wääscht doch! De Ding! De Kusäng vum Ding, wu bei de Daimler g'schafft hot in de Umberääfung. Der middem Schnorres.“

„Du määnscht de Schwoocher vum Ding, wu im Sportverei de Kassier gemacht hot, bis die gemerkt hänn, dass er ...“

„Nä. Des isch de Ding, wu bei de Anneliese in de Eiliecherwohnung gewohnt hot. Dem isch doch die Fraa devu.“

„Die Jenny.“

„Nit die Jenny! Die Ding, wu beim Harry im Schuhg'schäft bedient hot. Jesses, wie häässt se dann ...“

„Ah jo, die Ding, die ..., die ..., die ... Ding. Hot die nit ebbes g'hat middem Ding?“

„Du määnscht die Marlies.“

„Was fer e Marlies?“

„Na, die Marlies. Die Schweschter vum Ding. Du wääscht doch, de Ding middem scheele Blick, will emol saache."

„Ja, de Ding. – Den mään ich nit. Den hawwich vor drei Johr in Mallorga getroffe, der war do middem ... Ding. Em Ding. Jesses, de Polier vum Ding. Wu gebaut hot. Neewerm Ding ..."

„Des Rieseding, wu se in fünf Woche nuffgezoche hänn, un dann isch der ganze Schambes ..."

DE DING

„Nää, Kerl! Jetzt heer doch emol zu ...! Ich red vum Ding. Der wu den Riesehuddel g'hat hot middem Ding, weil sei Freckling die Fisch im Garteweiher vum Ding seim Nochber ...“

„Du määnscht de Erwin!“

„Nit de Erwin. De Erwin wohnt doch noch bei seine Mutter. De Ding, der war doch mit uns in de Schul. Wääscht nimmi, der hot doch emol in Sachkunde die Knallfresch ...“

„Des war nit de Ding. Des war de Ding, de Bruder vum ..., vum ..., vum ...“

„Vum Ding!“

„Ja, genau, vum Ding!“

„So en Dollbohrer.“

„Do hoscht gut recht. Ich mään jo blooß.“

DIE BLOSO

De Kumbel Fred, die Dannde Liesel
un die Mitbewohnerin

Achtsamkeit

„Saachemol“, saacht die Dannde Liesel, „was isch dann des mit dere Achtsamkeit, wu se grad all am driwwer Babble sinn?“

„Wie kummscht du dann jetzt do druff?“, saach ich.

Sie zieht triumphierend die Apotheke-Umschau aus em Kittelschorz.

„Un, was isch jetzt mit de Achtsamkeit, du Labbeduddel?“, froocht se.

„Bei de Achtsamkeit geht's, glaawich, um dein Weech zu dir selwer“, saach ich.

„Ich wohn in de Owwergass. Un ich fahr määnschdens middem Bus.“

Ich hol dreimol dief Luft un konzentrier mich uffs Eiatme un uffs Ausatme. Uffs Eiatme un uffs Ausatme. Ich mach mein Körper zum Achtsamkeitsobjekt.

„Es geht um dei inneres Selbscht“, saach ich.

„Ich bin kerng'sund. Uff Herz un Niere, mein Freund. Un Knoche wie e Schulmädel. Mein Dokter saacht immer: Fraa Liesel, saacht er, Sie missen irchendwann emol in en Jungbrunne g'falle sei, gell?“

„Es geht um dei Seel un dei inneri Harmonie“, saach ich. Ooommmm, denk ich. Ich sitz uff meim Gartestuhl un unnerhalt mich mit meine Dannde. Ich bin ganz im Moment un reech mich nit uff. Ich hab kä Määnung zu dem, was um mich rum bassiert, sondern nemm blooß wohr. Absolut wertfrei. Ich lern mei G'fiehle kenne. Un mei G'fiehle sin gut.

„Harmonie? Was sin dann des fer Ferz? Wann ich Harmonie will, dann geh ich uff de Friedhof un gieß de Unkel. Du hoscht se doch nimmi all!“

Ich mach die Aache zu un geh innerlich durch de Garte. Ich mach e geischtiches Bild vum Kirschebaam. Dann mach ich die Aache kurz uff un fotografier mit meine Gedanke de Moment. Ich mach e Gedankefoto. Ommmm. Aache zu. Un widder uff. Vor mir huckt die Dannde Liesel un kratzt sich am Bää.

„Du fasscht dei inneres Empfinde fer dich in Worte“, saach ich. „Du bischt ganz leicht un sanft.“

„Sanft? Un leicht? So en Bleedsinn! Unner Druck entstehen Diamante. Des isch mei Empfindung, un zwar jedesmol, wann ich uff'm Lokus huck.“

Ich setz de Atemanker un schnauf dief in de Unnerbauch. Die Gravitation verbind' mich mit de Mutter Erd. Ich bin im Ich un im Jetzt.

Ich mään. Un ich jo. Un ich blooß.

Dialooch fer ää Person

„Ich hab die G'scherrschbielmaschin ausgeraamt“, saach ich. Un des isch mein erschte Fehler.

„Ja, un?“, saacht mei Mitbewohnerin.

„Nix, un“, saach ich.

„Doch, un“, saacht sie. Dann guckt se mer dief in die Aache. Un es geht los.

„Du hoscht die G'scherrschbielmaschin ausgeraamt? Des isch jo großardich! Du bischt de Allerbescht. De Greescht. De Schännscht. So fleißich. So selbschtlos. So uffopferungsvoll. Sie sollen Rose uff dein Weech schmeiße. Sie sollen Gedichte uff dich schreiwe, ach was, Hymne! Ich glaab, es Beschte isch, mir schlachen dich fer de Alternative Nobelpreis vor. Odder glei fer e Heilichsprechung! Wie wär's?"

„Määnscht werklich?", frooch ich in emme hilflose Versuch, die Situation zu rette. Des isch mein zwätte Fehler. Aus ihre Aache schießt en Blitzmarathon.

G'scherrschbielmaschin
Der Autor musste seiner Mitbewohnerin bereits im Jahr 2020 an Eides statt versichern, keine Kolumnen mehr zu verfassen, die das Ein- oder Ausräumen von Geschirrspülmaschinen zum Thema haben. Dass er dies dennoch weiterhin tut, lässt sich in die Rubrik „erotische Spannung" einordnen – wie der Autor hofft.

„Wann ich jedesmol, wann ich ebbes fer uns mach, sofort zu dir renne un dir en Vortraach driwwer halte deed, dann kumm ich in dem Haushalt zu iwwerhaupt nix mää. Warscht du heit schunn viermol in de Weschkich? Hoscht du die Blume gegosse? Warscht du des, wu es Bad gebutzt hot? Un es Bett gemacht? Un Staab g'saucht? Un gekocht? Du raamscht ämol in vier Woche die **G'scherrschbielmaschin** aus, schunn willscht du g'strääzchelt sei un g'schmächelt werre un ..."

„Ich, äh ...", saach ich. Iwwer des Stadium, mei Fehler se zehle, bin ich längscht naus.

„Du kannscht nit äämool in deim Leewe en Handgriff in unserm Haushalt mache, ohne dass du hinnerher gelobt sei willscht! Oder erwart de Herr velleicht e Gecheleischtung? Braucht de Herr velleicht e Fußmassaasch, weil er de weite Weech in die Kich unnernumme hot? Soll ich fer de Herr Dampfnudle backe, weil er so heldehaft Hand ans G'scherr aagelecht hot? Soll ich als Ausgleich fer sei Ongaschemong in de Kich velleicht heit Oowend sei Auto butze? Soll ich ihm e Dauerkaart fer de Betze schenke?"

Die Fraa kennt mich so gut. Ich deed se glatt noch emol heirate. Ich mään jo blooß.

Dreadlockdown

„Was isch dann mit deine Hoor los, Dannde Liesel? Du siehscht jo aus wie en Langhoordackel, wu sich an unserm Wischmopp zu schaffe macht.“ Un des, missen Se wisse, isch noch e freundlichi Beschreiwung.

„Des sinn mei Dreadlocks“, saacht die Dannde Liesel un streckt es Kinn so weit in die Heh, dass ihr verfilzte Strähne fascht bis zum Bobbes bambeln.

„Dreadlocks? Des isch jetzt sogar fer dei Verhältnisse olwer“, saach ich.

„Olwer?? Ich setz e politisches Signal!“, saacht die Dannde Liesel. „Wann in Deitschland e Mädel weche ihre Hoor nit bei Freidaachs fer Futtscher ufftrete derf, dann erklär ich mich mit dem Mädel solidarisch!“

„Freidääs for Fjuutscher“, saach ich. Ich hol Luft. „Un du wääscht schunn, um was es in dere Dreadlock-Debatte geht, odder?“

„Ei jo“, saacht die Dannde Liesel, „es geht um die Neech ...“

„E Gewitter, Feier, Dannde Liesel! Muss des dann sei? Es geht, deed ich saache, doo drum, dass mansche farwiche Mensche sich iwwer die Dreadlocks mit de schwarze Bircherrechtsbeweechung identifizieren. Un wann en weißer Mensch sich die Frisur fer zum Spaß mache losst, dann kammer des als Iwwergriff betrachte. Als kulturelli Aaeichnung. Als Missachtung vun dem Lääd, des farwiche Mensche erfahre hänn. So. Un du kummscht mir middem N-Wort!“

„Ich fang dann jetzt e Bircherrechtsbeweechung aa, wu defor kämpft, dass jeder Mensch die Frisur draache derf, wu er will", saacht die Dannde Liesel.

„Des hääßt, du setzscht die Unnerdrickung vun de Schwarze iwwer viele Johrhunnerte mit dere dramatische Eischränkung gleich, als weißer Mensch halt ääfach emol uff e kulturell problematischi Frisur zu verzichte?"

„Mir geht die Wehleidichkeit uff de Wecker", saacht die Dannde Liesel. „Die sollen sich emol locker mache. Die Futtschers-Freckling sollen fers Klima kämpfe un nit geche mei schääni Frisur."

„Des isch nit dei Frisur!", saach ich.

Awwer wem verzehl ich des eichentlich? Ich mään jo blooß.

Die Mutprob

„Mach du!", saacht mein Kumbel Fred. Ihm laaft de Angschtschwääß iwwer die Stern. Er schnauft schwer. Sei Händ zittren.

„Nix do", saach ich. „Des isch dein Keller. Do bischt du de Scheff."

En kalte Hauch zieht durch de Raum. Ich dreh mich rum un guck hinner mich. Nix.

„Ich ...", saacht de Fred un stockt.

„Jetzt stell dich halt nit so aa", saach ich. Ich will tapfer klinge. Awwer mei Stimm brecht. Ich fercht mich, un mei Knie schlottren. Ich denk: Hoffentlich merkt's de Fred nit.

„Du hoscht doch genauso Schiss wie ich", saacht de Fred.

„Ja", saach ich. Angscht macht ehrlich.

„Warum mache mer des dann?", froocht er.

„Weil mir ebbes unnernemme missen", saach ich.

„Stell dir emol vor, was bassiere kann, wann mir nix machen. Wann der Schambes ääfach so in die Luft geht."

„Ja, awwer, was bassiert, wammer ...?“

Zippzipp. Die Verzich-Watt-Funzel flackert.

„Des isch e Zeiche!“, saacht de Fred. „Kumm, mir hauen ab!“

„Jetzt sei doch en Mann, Fred!“, saach ich. „Do muscht du durch. Es isch dein Keller. Dei Haus. Un, guck emol, ich bin doch bei dir!“ Ich lins hehlinge nooch de neggschte Dier. Wann's druff aakummt, muss ich als Erschter dort sei. Fer de Fall, dass es blooß änner vun uns schafft.

„Alla gut“, saacht de Fred. Er guckt mich aa, als wär's es letzschte Mool. Er nemmt es Glas in die Hand un hebt's vorsichtich geche die Funzel an de Deck. Dann dreht er de Babber ins Licht. „Ich les noochemol vor“, saacht er. Ich geh hinner de Werkbank in Deckung.

„Mirabelle-Schellee, 1975.“

Mein Kumbel Fred zieht am Eimachgummi.

KAWUMM!

An alle, wu jedes Johr eimachen, als deed's Medallje defor gewwe: Bittebittebitte, denken Se ach emol an die zukinftiche Generatione. Wer soll dann des alles esse? Lossen Se Gnade walte! Ich mään jo blooß.

Ohne Worte

„Ich bin's.“

De Dannde Liesel ihr Art, e Telefon-G'schbrääch aasefange, isch e kommunikatives Wunnerwerk. Schnerkellos (kä Aaredd), kraftvoll (Sie missen sich blooß die Lautstärk vorstelle) un trotzdem ohne jedi Aadeitung, um was es iwwerhaupt geht (sie will ebbes, määner wääß mer nit). Uff die Art entwickelt se e uuschlaachbari Kombination aus Dringlichkeit un Vorwurf, eh du selwer es erschte Mol die Gosch uffmachscht.

Sofort schießt dir durch de Kopp: Was hawwich falsch gemacht? Un bevor du dir e Strategie iwwerlecht hoscht, wie du die Sach – vun dere du noch gar nix wääscht – widder graadbiechscht, schießt en annere Gedanke quer: Jetzt blooß nix Falsches saache! Vielleicht will se dir jo gar nit de Krutze rumdrehe! Du bischt noch nit verlore – sie isch halt blooß, wie se isch: fallt mit de Dier ins Haus un denkt sich nix Beeses debei.

Ha!, schiebt sich de annere Gedanke widder vor: Die Dannde Liesel un nix Beeses debei denke, des glaabscht du doch selwer nit! Geh besser in Deckung, bevor's richtich losgeht! – Jetzt mach dich emol locker, blärrt's in deim Kopp, des isch blooß e alti Fraa, wu uff ihr verqueri Art um die Zuneichung vun ihrm Lieblingsneffe buhlt. – Jesses, du mischt der emol zuheere beim Denke!, bebbert's vun hiwwe. – Denk doch selwer emol ebbes G'scheites, du Simpel!, knoddert's vun driwwe. – En Drache mit Hoor uff de Zäh, des isch se, bass blooß uff!

In so enre Extremsituation spielt sich im menschliche Hirn alles in kirzeschter Zeit ab. Awwer es helft nix. Im Gechedääl. Die Zung isch gelähmt un de Heerer rutscht mir aus meine batschnasse Hand. So viel Adrenalin kann en Mann gar nit produziere, fer de Dannde Liesel ihrm „Ich bin's" gewachse zu sei. Des saacht der dei langi, schmerzlichi Erfahrung. Un dein Kerper glaabt's. Dir werd ganz dormelich.

„Geb mer emol dei Fraa", saacht die Dannde Liesel.

Ich kipp um. Die Mitbewohnerin fangt mich uff, mit enre Hand, die anner Hand nemmt de Heerer.

„Uff Widderheern", saach ich leise. Un des werr ich mir nie verzeihe. Ich mään jo blooß.

Rock mei Soul!

„Un, wie g'fallt der mein neie Rock?", froocht mei Mitbewohnerin.

„Der isch großartich", saach ich. „Die Farb harmoniert wunderbar mit deine Aache, es Muschter isch modern, awwer nit uffdringlich, un die Läng isch perfekt. Sie unnerstreicht die Form vun deine Owwerschenkel un losst die Knie optimal zur Geltung kumme. Wääscht was? Des Reckel erinnert mich e bissel an des Osoombel, wu die Estefania Rappelderr letzschtjohr uff de Mailänder Modemess vorg'fiehrt hot, des vun Guttschi, kannscht dich noch entsinne? Die hot dezu die Hoor so cool hochg'steckt g'hat mit zwää Sushi-Stääbscher, so wie du letzscht, wie mer beim Fred uff'm Geburtsdaach waren, wääscht noch? Des werr ich nie vergesse. Des war do, wu du zum erschte

Mol des neie Seidebliesel aag'hat hoscht. Des, wu du so ginschtich griecht hoscht in dere goldiche Buddigg neewer de Kerch. Moof häässt der Farbton, gell? Menschenskinner ..."

Jetzt gucken Se mich doch nit so komisch aa! Sie werrn's velleicht nit glaawe, awwer seit ich so viel Worte mach, muss ich kä Worte mä mache. Frieher hawwich uff die selb Frooch vun meine Mitbewohnerin g'saacht: „Gut." Un dann isch's losgange.

„Du hoscht doch gar nit richdich geguckt."

„Doch, hawwich."

„Dann saach halt ebbes."

„Der Rock isch gut, des hawwich doch schunn g'saacht."

„Ja, was häässt ‚gut'? Du saachscht immer blooß ..." Sie wissen, wie's weitergeht.

Jetzt bin ich schlauer. Die Idee isch mer kumme, wie ich letzscht bei de Fraa Dokter im Wartezimmer g'huggt bin. Do hawwich in de Brigitte geblättert odder in de Cosmodingsbums odder in de Wok, ich wääß gar nimmi genau. Un ich hab mer ääfach e paar Sprich gemerkt, e paar Name un e paar Farbteen. Die bet ich jetzt auswennich gelernt runner, wann's druff aakummt, dehääm an de Front. Un ich hab mei Ruh wie noch nie. Ich werr sogar als emol aagelacht.

Ich bin ach uff de Härtefall vorbereit: Wann mei Fraa es neggschte Mool vum Friseer kummt, saach ich: „Do siehscht ääfach subber aus, Schatz. Do kummt mer sofort de Guido Palau in de Sinn, wääscht noch, der hot doch sellemols bei Louis Vuitton und Yves Saint Laurent Furore gemacht mit seine eigedrehte Hoorkränz ...“

Manschmool werd mer vor mir selwer ganz angscht. Ich mään jo blooß.

Badedaach

„Frieher hämmer alle drei Woche samschdaachmorchens gebad't“, saacht die Dannde Liesel un wedelt mit ihrm Konnjaggschobbeglas.

Vor meim innere Aach zieht e Bild uff, wu ich seit zich Johr am **Verdränge** bin, ohne Erfolsch, wie ich zugewwe muss.

„Kalt Wasser in die Wann, dann zwää Kanne hääßes Wasser druff, im schlimme Winter ach emol drei. Erscht isch de Unkel nei un widder raus, dann bin ich draa, un zum Schluss hämmer dich Freckling neig'huggt, wann du do warscht“, verzehlt die Dannde Liesel, als deed se Urlaubsbilder mit glickliche Kieh aus'm Allgäu zeiche.

„Un die Badwann war unsern Luxus!“, saacht die Dannde Liesel. „Vorher simmer im Hof g'huggt. In de Brenk!“

Vor meine Zeit. Wenigschdens ebbes.

„Un hinnenooch ware mer sauwer!“, saacht die Dannde Liesel. Sie fahrt mit ihre freie Hand iwwer de Kittelschorz, als deed se so aus de Lamäng jeden Dreck wegwische kinne. Sie saacht nit: „Des waren noch Zeite, sellemols, nit wie heit mit eich Pienser.“ Sie grinst ääfach, als het se de Stää vun de Weise im Kittelschorz stecke un in de anner Dasch em Columbus sei Ei.

Naddierliech wääß ich noch genau, wie des Wasser ausg'sehne hot sellemols, am Badedaach samschdaachmorchens. Un wie de Duft war, wann sich des bissel Schaum vum Aafang uffgeleest hot un ...

„Un unsern Plumpsklo hämmer g'hatt", saacht die Dannde Liesel.

Mir grawwelt die neggscht Erinnerung de Buckel nuff. De Weech iwwer de Hof, ach nachts un im Winter. De Abgrund, wu sich vor mir uffgeduu hot, wann ...

„Kä uuneedich Wasser de Klo nabb g'schitt", saacht die Dannde Liesel. „Do isch ämol im Monat de Puhlmann kumme un ..."

„Dannde Liesel, die Kanalisation isch schunn e Stickel Zivilisation, wu ich ..."

„Un es Beschde war: Klobabbier hämmer känns gebraucht. Mir hänn ääfach die Zeitung in Strääfe g'schnitte. Un jetzt, wu ich's saach: Des isch doch heit noch e optimali Verwendung fer dei G'schreib ..."

Ich het's kumme sehe misse. Ich het's wisse misse. Es isch doch sunneklar gewest.

Wenigschdens steht's jetzt ach in emme Buch. Do wird se doch nit ...

Ich mään jo blooß.

Verdränge
Verdrängung ist für den Autor das grundlegende Konzept für den Umgang mit seiner Erbtante. Anders wäre er nicht in der Lage, immer wieder in Diskussionen mit vorgezeichnetem Ausgang einzutreten. Zugleich ist dem Autor bewusst, dass das schriftliche Festhalten der Diskussionen mit der Tante in Buchform vor diesem Hintergrund widersprüchlich erscheinen könnte. Tatsächlich ist die Entscheidung dafür eine rein kommerzielle.

Garteteich 2030

„Was isch dann des do?“, saacht die Mitbewohnerin un wedelt mit de Kontoauszieech.

„Willscht e Tass Tee?“, saach ich.

„893 Euro un 24 Cent“, saacht sie.

„E Drebbel Milsch, wie immer?“, saach ich.

Sie guckt den Blick, wu in emme Dampfbad Schneeflocke riesle losse deed.

„Teichfolie“, saach ich.

„Teichfolie? Fer dein Timpel do hinne, wu du vor drei Johr des Loch gegraawe hoscht?“

„Es isch nit mein Timpel. Des isch unsern Garteteich. Du hoscht doch uubedingt so e Ding hawwe wolle. Weil's so schää isch.“

„Ja, hawwich. Awwer ich hab nit gewollt, dass du johrelang draa rumbosselscht, un in unserm Garte sieht's aus, als deed glei die Flurbereinichung kumme. Un, saachemool, hoscht du nit schunn zwäämol Teichfolie gekaaft?“

„Die erscht hot nit gebasst. Die zwätt isch mer verrisse, wie ich die Grub hab verleche misse, weil de Nochber sich b'schwert hot.“

„6348 Euro un elf Cent hoscht du bis jetzt do hinne vergraawe“, saacht se. „Un im Garte isch blooß e großes Loch.“

„Schwiericher Unnergrund. Uklari Rechtslaach. Inflation. Wiehlmais.“

„Nit mei Problem“, saacht sie.

„Mir hänn im Familierat driwwer abg'stimmt, dass mer des Ding baue wollen“, saach ich.

„Du hoscht mer versproche, du deedscht zeh Johr lang ohne se motze de Raase meehe. Un

du hoscht nix devu g'saacht, dass du do hinne unser ganzi Haushaltskass versenkscht, un des Ding werd trotzdem nie fertich. Was sollen des Ganze jetzt eichentlich koschte, so alles in allem?", froocht se.

„De Fred saacht, mir kummen velleicht hie mit elfdausend ..."

„Was??"

„Wann alles gut geht", saach ich.

„Aha. Un warum schitte mer des Loch nit ääfach widder zu?“, froocht se.

„Des wird noch deirer. Ich hab schunn des Springbrinnel aus Carrara-Marmor b’stellt. Die ökolochisch aagebaute Wasserplanze. Un die zwää Kois, wu seit Weihnachte in de Badwann schwimmen, nemmen die ach nimmi serrigg.“

„Ich hett gern Tee mit Rum“, saacht mei Mitbewohnerin.

Mei Red. So iwwerstehe mer in Deitschland jedes Bauprojekt. Ich mään jo blooß.

Männel vs. Männel

Es isch aazunemme, dass des schunn in de Stääzeit so war: Ab un zu muss es Männel sich messe. Es Weiwel bleibt schää dehääm in de Hehl un butzt die Fenschter, un es Männel geht uff die Gass un sucht sich en Konkurrent. „Dem zeich ich, **wu de Hammer hängt**“, denkt es Männel. Wann des anner Männel dann ufftaucht, machen alle zwää e Rieseg’schiss. Sie blärren rum un schlachen sich mit de Fauscht uff die Bruscht. Erscht dann geht de Kampf los. Jeder holt sei Beilsche raus, un die klobben se sich dann gecheseitich uff de Deez, bis se kä Luscht mä hänn. Am Oowend kummt es Männel dann hääm – e paar Schramme un Schrunne, awwer sunnscht g’sund un munter. Un es werd sofort liewevoll umsorcht. „Mein Held!“, saacht es Weiwel un zieht sich fer die Nacht ebbes Näckisches aa.

So war des in de Stääzeit. Heit isch des alles ääfacher. Ich muss zum Beischbiel nit lang suche nooch emme Konkurrent. Ich hab jo mein Kumbel Fred. Un mir hänn ach kä Beilscher, sondern Tennisschläächer. Die hänn mir zwar alle zwää schunn fünfezwannzich Johr lang nimmi in de Hand g'hat, awwer e Mättsch hämmer trotzdem ausgemacht. Un weil mir viel zu kultiviert sinn fer rumzublärre un uns uff die Bruscht zu kloppe, schicke mer uns vorher Textnoochrichte. „Hoscht schunn Schiss?“, schreib ich. „Fer dich langt's noch, wann ich mit enre Brotpann spiel“, schreibt er. „Vorhin hot mich de Roger Federer aagerufe – er braucht vun mir e paar Taktik-Tipps“, schreib ich. Morchens um 4.30 Uhr weckt mich sei Antwort: „Nooch emme intensive Frühtraining mit de Steffi Graf trink ich graad en Kraitertee un denk mer so: Die Konkurrenz schlooft!“ – „Gut“, schreib ich zurigg, „ich hab graad mitte in de Nacht fünf Sahne-Eclairs gegesse un e Flasch Riesling g'soffe. Ich will nämlich, dass mir zwää fitnessmääßich e bissel ausgeglichener sinn.“ Er: „Ich geh jetzt in de Baumarkt un kaaf Raasesame Wimbledon.“ – Ich: „Bevor der uffgeht, gehscht du unner.“ Un so geht's immer weiter.

Geschtern war unser Mättsch. Beim Stand vun 0:0 un 15:15 im erschte Satz war

Wu de Hammer hängt
Ein findiger Leser hat eingewendet, die Formulierung „wu de Hammer hängt“ sei ein Anachronismus, wenn die Handlung in der Steinzeit spielen soll. Begründung: Ein Hammer bestehe seiner Natur nach zumindest zum Teil aus Eisen, aber die Eisenzeit sei bekanntlich nach der Steinzeit gekommen. Der Autor hat ein 24-köpfiges Forschungsteam mit Recherchereisen per Zeitmaschine beauftragt. Ergebnis: Der Hammer in Form eines Faustkeils ist seit 1,5 Millionen Jahren in Gebrauch. Ätsch.

Schluss. Fred: Kniescheib raus im rechte Knie. Ich: Muschkelbindelriss (Bobbes). Mir lichen jetzt z'samme uff Zimmer 312.

E Weiwel war noch kánns do. Ich mään jo blooß.

Liewesgrieß aus X

Urlaubsdaach zwää, Strand vun X, Bar Y. Vor mir e Poschtkart. In meine Hand en Werwekuli vun de Baddei Z aus em Bundesdaachswahlkampf 2005. Den hawwich noch, weil ... nää, des fiehrt jetzt zu weit.

Alla, Dannde Liesel ...

„So kannscht du doch kä Poschtkart aafange", saacht mei Mitbewohnerin, wu mir die ganz Zeit iwwer die Schulter glotzt.

„Soll ich velleicht ‚Liewi Dannde Liesel' schreiwe?", saach ich.

„Ja, was dann sunscht?"

„Als Schurnalischt bin ich de Wohret verpflicht' un nix als de Wohret."

Die Mitbewohnerin muss huschte. Sie hot sich, scheint's, verschluckt.

Hallo, Dannde Liesel ...

„Hallo??? Die dreht dir doch de Hals rum", saacht mei Mitbewohnerin.

„Mach du's halt besser!", saach ich.

„Sie isch dei Erbdannde“, saacht mei Mitbewohnerin.

Werte Dannde Liesel …

„Werte? Bei ‚Werte‘ wääß se doch sofort, dass du ihr Sparbiechel un ihr Aktiedepot im Sinn hoscht.“

„Jetzt fang du nit ach noch aa“, saach ich.

„Geb dir halt emol e bissel Mieh“, saacht mei Mitbewohnerin, „es isch doch blooß e Poschtkart. Du sauchscht der doch sunscht ach jedi Woch irchend än gequirlte Bleedsinn aus de Finger.“

Zum Glick kummt do de Garçong un bringt uns en dreifache Scotch un en Aperol Spritz. Mir hänn jo Urlaub. Ich nipp an meim Aperol.

Sehr geehrte Dannde Liesel …

„Des isch jetzt nit dein Ernscht“, saacht mei Mitbewohnerin.

„Du machscht mich ganz heckewelsch“, saach ich.

„Un du machscht dich lächerlich. Kannscht du deine Dannde nit ganz ääfach e Poschtkart schreiwe wie jedem annere Mensch ach?“

Ich guck meine Fraa dief in die Aache.

„Mir redden schunn vun meine Dannde Liesel odder?“, saach ich.

Mei Mitbewohnerin guckt serrigg un iwwerlecht kurz. Dann senkt se schuldbewusst de Blick. Sie schluckt.

„Wär's nit besser ...", saacht se.

„Alla gut", saach ich, „fahre mer hääm."

Velleicht merkt die Dannde Liesel jo nit, dass mer fort waren. Ich mään jo blooß.

Känn Pilz em Feind

De Mensch isch en Jäächer un Sammler, schunn klar. Awwer mansche sinn määner Jäächer un Sammler wie annere. Mein Kumbel Fred zum Beischbiel, der geht uff Pilze. Kaum fangt die Säsong aa, schnabbt er sich de große Korb un klappert sei geheime Standorte im Pälzerwald ab. Daach fer Daach bringt er määner Beute hääm, wie drei Fußballmannschafte esse kinnen. Awwer des isch em Fred egal. Es kann nur änner gewwe, saacht er. Noch nit emol seim beschte Kumbel verroot er, wu er widder die acht Pund Hexerehrling odder die zwannzich grooße Stääpilz g'funne hot. Soll blooß känner waache, määner Pilze aus em Wald zu schlääfe wie er, de Keenich vun Pifferlingsbach und Schopftintlingshause.

Des hot naddierlich sei Gutes. Kaum geht die Pilzsäsong los, ruft de Fred fünf Mol in de Woch aa un lad uns zum Esse ei. Un ich saach Ihne: Koche kanner. Vor allem: Pilze. Zart in Butter aag'schmelzt; als Fillung fer Pannekuuche; zum Rumpsteak; zu de Weckknepp; mit e paar Eier draa als Omlett; mit Rosine un Niss als Vorspeis; als Frikassee; als Ragout, als Supp. Die erschte zwää Woche sinn wunderbar. Mei

Mitbewohnerin un ich stellen's Eikaafe ei. Mir huggen jo jeden zwätte Daach zum Esse beim Fred. Un an de freie Daache mache mir nix wie verdaue.

Irchendwann awwer, in de Reechel am Aafang vun de dritte Woch, kippt die Stimmung. Dann losse mer's Telefon ach emol bimmle, wammer em Fred sei Nummer sehnen. E paar Pilze deede mer jo mit Gewalt noch nunnerbringe. Awwer die fruschtrierte G'sichter vum Fred seine Fraa un de Kinner, die sinn schbeedeschdens ab Ende Pilzwoch zwää nimmi zu ertraache. Un so lääd se uns duun: Irchendwu heert die Solidarität ach uff.

Heit morche hawwich de Fred uff de Stroß getroffe, Pilzkorb unnerm Arm. Er hot Ringe unner de Aache g'hatt. Er isch blass un sechs Kilo schwerer wie sunnscht. Sei Fraa un die Kinner sinn bei de Oma, seit Aafang September. „Ich kann kä Pilze mää sehne", saacht er zu mer. Un dann macht er sich widder uff de Weech in de Wald.

Devise: Känn Pilz em Feind! Aus dem Stoff sinn Helde gemacht. Ich mään jo blooß.

Generation Dannde L.

„Saachemool", saacht die Dannde Liesel.

„Vergess emol dei Red nit", saach ich, „awwer heit muss die Sach annerscht laafe."

„Was sinn dann des fer Ferz?", froocht die Dannde Liesel.

„Mir missen content prodjuse fer die jung Zielgrupp“, saach ich.

„Hä?“, froocht die Dannde Liesel.

„Mir missen Inhalte liffre fer junge Leit.“

„Wer verzehlt dann so en Quatsch?“

„De Chefredakteer. De Verlaach. De Markt. Die ganz Welt“, saach ich.

„Un wer soll die jung Zielgrupp sei? Die dabbich Fraa X velleicht, wu immer ...“

„Die Fraa X isch sechsesibbzich, Dannde Liesel! Es geht um die richdich junge Leit.“

„Jo, alla.“

„Nix: Jo, alla. Des isch de Zeitgeischt“, saach ich. „Also: Wie war dei erschtes sexuelles Erlebnis mit enre Fraa?“, frooch ich.

Die Dannde Liesel schlacht mir uff de Backe.

„Au! Awwer so machen die des uff denne Zeitgeischtseite fer junge Leit im Indernett“, saach ich.

Die Dannde Liesel schlacht mir uff de annere Backe.

„Au! Alla hopp. Vielleicht kinnscht du dann wenigschdens e bissel räppe odder hipphoppe fer die Leit?“

„Hä?“, saacht die Dannde Liesel.

„Räppe odder hipphoppe. Des heeren die junge Leit heit gern: ‚Isch steh vorm Haus un guck naus un do laaft mei Maus middem Klaus un isch saach: hey,

Yo.
Wie sehr die „Dannde Liesel“ mit der Zeit zu gehen versteht, belegt ihre diskussionswürdige Wortwahl. Immerhin: Im Gegensatz zur Tante sind viele der „Zeitgeistseiten für junge Leute“, von denen der Autor spricht, inzwischen dem Zeitgeist zum Opfer gefallen. Was den Autor sehr freut, ihn allerdings nicht davon befreit, zeitgemäße Inhalte zeitgemäß zu präsentieren. Jemand anders mag das cringe finden – er ist cool damit.

mach mol Paus, sunnscht dresch isch die Luft aus dir raus.'"

„Wann du vorm Haus stehscht, kannscht du nit nausgucke."

„Es geht doch do nit um de Inhalt, Dannde Liesel, sondern blooß um de Reim un um de Rhythmus un ums Leewensg'fiehl", saach ich, „un du muscht naddierlich e bissel die Gewalt verherrliche."

Die Dannde Liesel schlacht mir nochemool uff de Backe. Diesmol viel feschter. Ich zuck z'samme.

„Piens nit, du Opfer", saacht se, „schunnscht schick ich de Unkel un der macht bei dir dunkel."

„Äh, Reschbeggt, Dannde Liesel", saach ich.

„Reschbeggt isch fer Hannebambel, ich steh naggich an de Ambel un sing ohne Präambel, dass ich scheiß uff dein Schambel."

„Ähm. Ich denk, es isch gut jetzt, Dannde Liesel", saach ich. „Die Zielgrupp isch b'schdimmt schunn doddaal committed fer unsern content."

„Korrekt, Massafagga. **Yo.**"

Voll die Killer-Kolumne. Ich mään jo blooß.

DES PÄLZISCH

Babbeldrang

De Pälzer Babbeldrang isch legendär. Des licht awwer nit in erschter Linie do draa, dass jeder Pälzer rund um die Uhr Babbelwasser getrunke hot un desdeweeche automatisch vum Hunnertschte ins Dausentschte kummt. Nä! Viel wichticher als die Frääd am Sich-selwer-redde-Heere isch fer die Pälzer de aageborene Zwang, Eisichte mitzudääle – un zwar ohne Ricksicht uff Verluschte.

Wann ämme Pälzer in seim Wersching e Idee kummt, dann muss die noch in de selwe Segunn naus in die Welt, egal, wer graad zuheert oder wer graad sunscht noch ebbes am Verzehle isch. „Vergess emol dei Red nit!", häääßt de Pälzer Zauwersatz in so enre Extremsituation. De Pälzer macht demit klar, dass ihm uuheimlich viel licht an dem Gedankegang, wu sein Gecheiwwer graad mit viel Worte am Entwickle isch – er saacht jo ausdrigglich, er soll en blooß nit vergesse. Awwer des isch naddierlich en Trick, weil de Pälzer absolut devu iwwerzeicht isch, dass die annere nooch seim eichene rhetorische Glanzstick alles vergesse hänn, was vorher war, un jetzt blooß noch im Stehe Beifall klatsche wollen.

„Vergess emol dei Red nit!" isch sozusaache de trojanische Gaul in de Pälzer Schlawwerschlacht.

Awwer nit immer. Es gebt veräänzelt Fäll, wu der Satz nit strategisch eig'setzt werd, sondern wu er sich ääfach Bah brecht, weil de Pälzer,

DES PÄLZISCH

wu nit links un nit rechts guckt, määnt, des wär genau in dem Moment exakt des, was jetzt g'saacht werre muss.

Es deed sich doch zum Beischbiel känner, wu die Palz kennt, werklich wunnere, wann bei enre Hochzich mitte im „Willscht du, Guschtav Emil Heinzelmann ..." enner aus de letzschte Kerchereih kreische deed: „Vergess emol dei Red nit, Herr Parre, awwer do steht so en Uffg'stubbte un froocht, ob enner vun uns do hin zwää Sardellepizzas un en Spezialsalat b'stellt hot!"

Es wär ganz normal. Un so werren halt Pälzer Legende gebore. Ich mään jo blooß.

Pälzisches Poker

Ich duu uns Pälzer immer verteidiche, wann widder so en Zugerääste määnt, mir wären laut, dischtanzlos, derb un deeden besser als emol die Gosch halte.

Ich geb dem Kritiker in so emme Fall en klänne Bumper, guck ihm aus fuffzeh Zentimeter Abstand ins G'sicht und blärr, dass es ach drei Strooße weiter se heere isch: „Mir sin nit derb un schunn gar nit dischtanzlos. Ich glaab bei dir hackts, du Simbel! Mir sinn kontaktfreidich un leewensfroh!"

Ich blärr des nit, weil's wohr isch, sondern weil des so in de Broschbeggde fer die Tourischte steht. In Werklichkeit sinn mir Pälzer annerscht: Mir sinn gar kä Schlawwrer

– mir sinn Sprooch-Zocker. Ja, genau: Sprooch-Zocker! Kennen Sie Pälzisches Poker?

E Beischbiel: Ich treff en Bekannte uff de Strooß. Er guckt mich aa, ich guck ihn an. Kurzi Paus. Dann saacht er:

„Un, wie?“

Sei Karte lichen uff'em Disch. Määner wie zwää Werter bin ich ihm nit wert. Un ich steh jetzt do mit de Lascht vun de G'schbräächsfiehrung. Wann ich nit Määschter im Pälzische Poker wär, deed ich so ebbes saache wie: „Mei Fraa hott seit drei Woche de Dalles, ich

Poker
Das „Pfälzische Poker" ist eine Hommage an das „Jüdische Poker", das der israelische Satiriker Ephraim Kishon in seinem Buch „Mein Freund Jossele" von 1977 vorgestellt hat. Der Erzähler und sein Freund denken sich dabei eine beliebige Zahl, und wer schließlich die größte Zahl nennt, gewinnt. Dass bei diesem Spiel zumeist jener Spieler gewinnt, der zuletzt „ausspielt", macht den Reiz des „Jüdischen Pokers" aus.

bin ach schunn seit zwää Woche malad, morche muss mei Steiererklärung fertich sei, unser Heizung isch kaputt un de Kater hot Depressione, weil se geschtern bei uns eigebroche hänn. Sie wissen jo, wie Katze reagieren."

Awwer des will alles gar känner wisse. Beim Pälzische **Poker** geht's ums Blöffe. Es soll aussehne wie e G'schbrääch, blooß ohne ebbes zu verroote. Also saach ich „Jooo, alla", un zieh ää Aachebrau nuff.

Un de G'schbräächsdruck wannert serrig. De anner guggt mich aa, kä Reechung, un wart. Ich saach Ihne: 30 Segunne kinnen e langi Zeit lang sei. Un dann wääß ich: Er zieht de Dschoker. Un des macht enner beim Pälzische Poker blooß, wann er werklich iwwerhaupt nix G'scheits uff de Hand hot.

Un er saacht's dadsächlich!

„Un sunnscht?"

Ich grins. Eiskalt. Ich hab ihn. Ich guck so arrogant, wie ich kann, knapp an seim Ohr vorbei in die Luft un saach:

„Frooch nit!"

Er nickt kurz un gebt uff. Er schlappt devu. En gebrochene Mann.

Beim Pälzische Poker zu gewinne isch ääfach e Super-G'fiehl! Ich mään jo blooß.

Ich saach's eich im Gute!

Jetzt rutsch mer doch de Buckel nunner, du Simbel! Stei mer in die Dasch! Pänn mer die Gäns! Du kannscht mich graad emol hinnerum heewe! Ich glaab, bei dir hackt's! Du Dollbohrer, Dabbschäddel, Dibbelschisser, Deppschoode, Dreckspatz un Dummbabbler.

Wann ich dich verwisch, dann verschellt ich dir de Frack, dass der die Engelscher e Schlooflied singen. Du gehscht mehr nämlich uff de Seiher, uff de Sender, uff die Erbs, uff de Knorze un uff die Makron. Ropp emol emme Frosch e Hoor raus un petz emol emme Ochs ins Horn, dann wääscht, wie's isch, wann ich mit dir schlawwre muss un du guckscht mich aa wie die Kuh vorm Scheierdoor , wann's blitzt!

Du brauchscht jetzt gar nit so heebgedreht se grinse un so iwwerzwerch se du, als Goddersprich du kannscht nix defor. Bass blooß uff, Berschel! Mir fliecht die Baratzel fort, ich griech de Brotdormel, die Freck, die Kränk, de Rußer, de Dalles un die Gääsegichter, wann des so weitergeht mit dir, du Hosseloddel, du Sunsebrunzel, du Seppedeftel un du Hannebambel. Dumm wie Holler, kammer do blooß saache, hohl wie en zehner Weck un dabbich wie die anner Woch. Zu bleed, fer en Äämer Wasser umseschmeiße un fer e Loch in de Schnee se brunse.

Du brauchscht ach gar nit so hehlinge um de Eck se schiele un se piense wie e nasses Wackeldackelsche. Un wann du jetzt ach noch aafangscht se knoddre, se gnewwre, se bebbre, se schelle odder se driwwelliere, dass ich jetzt emol die Gosch halte soll, dann hoscht dich g'schnerrt.

Odder willscht du velleicht Zores? Määnscht du, ich mach Schneckedänz weche dir un deine Bessremer-Leit-Ferz? Mach mer blooß kä Fisimatente, du letzohricher Labbeduddel, sunscht lernscht de Lieblingsspruch vun meim Kumbel Fred kenne. Wie der geht? Isch lesch disch an de Resch un dresch dich!

Emol unner uns: Pfälzisch soll jo nooch de Umfrooche de am wenigschde beliebte Dialekt in Deitschland sei. Also: Ich versteh des deitsche Volk nit.

Ich mään jo blooß.

Pälzer unnerwegs

„Chef, kumm emol her!" Der Satz isch harmlos un kann in jedre Firma mit einichermaße ordentlichem Betriebsklima e paar Mol am Daach se heere sei. Wann er awwer in enre Pizzeria in Brindisi de Bedienung hinnenoochgeplärrt werd, dann isch des ebbes anneres.

Die Pälzer missen sich zwar aaheere, ihrn Dialekt wär uusimmbaadisch un uuerodisch, awwer des hinnert se naddierlich nit draa, im Ausland de Molli se mache. Wann de sieditalienische Kellner in de sieditalienische Beiz an de Disch kummt, dann fallt so manschem Pälzer nix Besseres ei wie: „Bring emol en Tschiandi,

Berschel!“ Un macht de Kellner dann e G’sicht wie die Madonna vum annere Stern, dann schittelt de Pälzer de Kopp un saacht iwwerdeitlich: „Tschiandi, Scheffe, Tschiandi! Gluckgluckgluck!“ Un er macht e typischi Handbeweechung: Schobbe in de Kobb. Schbeedeschdens dann wääß de Kellner, mit was fer Simpel er’s graad se duu hot. Er macht uff em Absatz kehrt un bringt dere Pälzer Bloos halt gnadehalwer e Fläschel Chianti an de Disch. E sauschlechtes un saudeires naddierlich.

Was ich saache will: Dass unser Mundart nit iwweraal Verzickung ausleest, kann ach an dem Selbschtbewusstsei liche, mit dem se in die Welt getraache werd. Ewich uuvergesse bleibt mir en Trip nooch London, sellemols, in de gute alte Zeit, wu de Eff-Cee-Kaa noch im Fußball-Eiroba-Pokal gekickt hot. Es war geche Tottenhäm. E paar Stunn vorm Spiel dabben midde uffem Trafalgar Square, also im Herz vum friehere britische Empire, sechs rot-weiße Pälzer Arm in Arm rum un kreischen jedem Londoner nooch: „Mir-sinn-Päl-zer-un-ihr-nit!“

Brexit her odder hie: Do braucht die Palz also ach kä Botschaft zu ereffne.

Der Sachse, wu emol in London rumgedabbt isch, der war do viel klääläuter. Der hott en Passant frooche wolle, wu der beriehmte Tower isch: „Iggsgjuus mi, gänn ju däll mi se wää du se dauer?“ De anner zuggt mit de Schulter un saacht: „Sörri, aim e schdräänscher, düü.“

Noch en Sachse halt. Emme Pälzer isch die Art vun Selbschtuffgaab doddaal fremd. Der sucht sich in dem Fall en Eigeborene un blärrt: „Chef, kumm emol her! Tower – wu?"

Ich mään jo blooß.

Folschendes:

Wann en Pälzer odder e Pälzern „Folschendes:" saacht, also mit emme **Doppelpunkt**, wu im Raum steht wie en Wetterwechsel, dann geht mer am beschte in Deckung. Dann macht mer sich kläa, guckt vorsichdich vun unne raus un verschafft sich ganz schnell en Iwwerblick, wie mer uff'em direkte Weech zum neggschte Ausgang kummt. „Folschendes:" isch nämlich g'fehrlicher wie e scharfes Messer, was emme in de Kich aus de Hand rutscht un mit de Kling nooch unne Richtung Mittelfuß sterzt; G'fehrlicher wie e Paket, wu tickt un riecht wie verschmorter Droht. Ich saach's, wie's isch: „Folschendes:" muss em määner Angscht mache wie en Aaruf vun de Dannde Liesel.

„Folschendes:" – vorm Folschende g'folscht vun enre folscheschwere Paus – will nämlich saache: „Ich, Kaiser un Gott, Herrscher aller Reuße, Kind der Sonne, Stein der Weisheit, habb mer ebbes iwwerlecht. Un weil ebbes iwwerleche fer mich Grundlaacheforschung isch, philosophischi Betrachtung, schöpferischer Akt un naddierlich e ganz enormi Gewaltaaschtrengung, erwart ich vun dir, du Mickeschiss, dass du jetzt die Händ aus em Sack nemmscht, es Kreiz durchdrickscht, die Ohre aalechscht un zuheerscht – un känn Mucks mä, sunnscht gebt's Fäng! Kapiert??"

Annerscht als „Vergess emol dei Red nit" dient „Folschendes:" nit dezu, en annere midde aus'em Satz zu reiße. Es geht nit drum, schnell emol ebbes loszuwerre, weil emme halt grad ebbes in de Sinn kummt. „Folschendes:" isch immer, ausschließlich un in alle Fäll als Drohung uffzufasse. Bei „Folschendes:" geht's um die Welt un um alles. Um die Zukunft vun de Menschheit. Um Leewe un Dood. Um die Ewichkeit. Amen.

Doppelpunkt
Bei „Folschendes:" den Doppelpunkt mitzuschreiben, verstößt gegen Rechtschreibvorschriften, macht aber deutlich: Der Sprecher mag nach „Folschendes" zwar eine Pause machen, diese soll aber keinesfalls den Zweck haben, dem Gegenüber eine Wortmeldung zu ermöglichen. Vielmehr dient die Pause dazu, alle Aufmerksamkeit in Richtung des Sprechers zu lenken. Insofern ist „Folschendes:" sogar imperativer als „Bassemoluff!".

Was ich saache will: Owwacht, ihr Leit! „Folschendes:" isch die schrecklichscht Waff im Pälzer Schproocharsenal. Es isch kä Schimpfwort, wu mer mit enre noch diefergehende Beleidichung degeche aastinke kann. Geche „Folschendes:" helfen kä Waffegewalt un känn Kampfmittelraimdienscht. „Folschendes:" verlangt nit määner un nit wennicher wie e bedingungslosi Kapitulation. Alles klar?

Folschendes: Wer holt mir dann jetzt emol e Eis?

Ich mään jo blooß.

DIE LEIT

Indiskret

Die Manu war volle Kanne im Bett middem Felix.

Ich wääß nit, ob Sie mit dere Information ebbes aafange kinnen. Awwer die Botschaft war dere junge Fraa scheint's wichtich, sunscht het se mer se nit ins G'sicht geblärrt, wie ich die Woch iwwer de Marktplatz gedabbt bin.

So geht mer's immer. Ich schlabb durch die Stadt, un die Leit quatschen mich aa. Des häßt: Ich mään, dass die Leit mit mir babblen. Ich kann mich ääfach nit draa gewehne, dass jeder en Knopp im Ohr un e Mikro hot un rund um die Uhr telefoniert – un zwar so, dass es jeder heert, un so, dass ich jedesmol denk, ich bin gemäänt. Un wann ich dann Antwort geb („Middem Felix? Reschbeggt!"), werr ich dumm aageglotzt.

Ich wääß jetzt alles: Die Ina hot de Anna verklickert, die Veronika hett g'saacht, die Jasmin wär e Bitsch (des verroot mer die Jasmin, wie se an de Kinokass steht, un e „Bitsch" isch, glaawich, was emol e „bleddi Kuh" war). De Herr X hänn se verwischt, wie er uff em Kobbierer in de Firma Bilder von seim blotte Bobbes gemacht hot (des verzehlt mer en Mann Mitte 40 am Kiehlregal vum Supermarkt, uff halwer Heh zwische'm Jokurt un em Pizzakees). De Harry hot em Mann vum Sozialamt weisgemacht, er kann nit schaffe, weil er's so arich im Kreiz hot, un dann war er drei Daach lang Holzmache middem Erwin uffem Dauwesuhl (des kreischt de Harry perseenlich quer durch de Regionalexpress vun Landaach nooch Neistadt).

In dem Maß, wu die Kommunikationstechnik die Menschheit in die Laach versetzt, immer un iwweraal zu kommuniziere, in dem Maß schalt sich, scheint's, bei de Leit es Hirn ab, un die Erinnerung an Umgangsforme un Diskretion verblasst wie e altes Bild in emme Fotoalbum.

Wann ich allää die Informatione verkaafe deed, wu ich die letzschte drei Woche uffgebabbelt griecht habb – ich misst, glaawich, nimmi schaffe. Sozial-, Finanz- un Arwettsamt deeden sich erkenntlich zeiche. De Chef vum Herr X ach. Die Veronika naddierlich. Un de Felix sowieso. Der deed dann nämlich erfahre: Er isch sauschlecht im Bett. Des hot mer die Fraa uffem Marktplatz noch ganz offe verklickert, wie se an mir vorbeigedabbt isch.

Gut, dass mer driwwer gered't hänn, odder? Ich mään jo blooß.

Hors catégorie

Es gebt Rennradfahrer, die ignorieren mich, wann ich se **am Berch** iwwerhol mit meim E-Bike. Gut, kammer saache, ich guck jo ach uff die anner Seit, wann die Kamerade uff de graade Streck an mir vorbeijaachen. Mei 625-Wattstunne-Velociped macht halt bei 25 km/h die Brems nei. Des hääßt, wann ich schneller fahr, kumm ich ins Schwitze, un dodefor huck ich mich jo nit uffs Rad.

Awwer ich werr sowieso so gut wie nie vun Rennradfahrer iwwerholt. Ich bin jo uff'm Radweech unnerwegs, was so en Rennradfahrer aus anatomische Gründe gar nit kann. Der verrenkt sich nämlich mit seine stääharte Rääfe un seim Rennbock ohne Fedderung schunn de Bobbes, wanner blooß e Säächääms iwwerfahrt. Wie soll der dann en Feldweech iwwerstehe?

Es geht mir awwer eh do drum, dass die Seckel mich ignorieren, wann ich an ihne vorbeifahr. Un des g'heert sich ääfach nit. Erschtens geb ach ich uff meim E-Bike alles, wann ich mit meine zulässiche 25 km/h die Pälzer „hors catégorie"-Gebirgspäss uff die Lolosruh un uff die Kalmit nuffjaach. Do muss ich nämlich so schnell im klännschte Gang trete, dass mir schiergar die Kniescheib rausknallt – awwer was versteht so en Rennradfahrer schunn vun emme moderne Landstrooßeheldekerper, wu mit Ökostrom vun Griinpiis unnerwegs isch.

Un zwättens loss ich mich nit gern ignoriere, was sich nit zuletzscht ach in meine Berufswahl niederg'schlache hot. Awwer browwieren Sie emol, uff emme E-Bike beim Iwwerhole die Zeitung auszupacke un de Leit aus Ihrm Artikel vorzulese! Do hot's mich im Elmstääner Daal emol ganz schää uff die Nas gelecht, un die Rennradfahrerbloos, wu ich am Iwwerhole gewest bin,

Am Berch
Als „Hors Catégorie" – außerhalb der Kategorisierung – werden bei der Tour de France die allerschwersten Bergwertungen bezeichnet. Bei diesen müssen die Radrennfahrer Anstiege zum Beispiel auf den Tourmalet in den Pyrenäen, den Mont Ventoux in der Provence oder nach Alpe d'Huez in den nördlichen Alpen erklimmen. Es liegt in der Natur des Autors, dass für ihn sämtliche Anstiege als „Hors Catégorie" gelten, auch jene in der Rheinebene.

lacht wahrscheins heit noch iwwer mich.

Ab dem Daach bin ich zu enre kurze, knackiche Kommunikation unner Radlerbrieder iwwergange. Will häläße: Damit se mich nit ignorieren, saach ich als emol e bissel was. Als ziemlich effektiv, was Rennradfahrerreaktione aageht, hot sich der Spruch erwiese: „Geht's do eichentlich schunn uffwärts?“ Awwer ach mit emme simple „Warum schnaufen Sie dann so?“, lossen sich akzeptable Ergebnisse erziele.

Sie missen blooß uffbasse, dass Sie känner verwischen, wu middem Rennrad 25 km/h nuffzus schafft. Die Erfahrung griechen Se mit de Zeit. Un notfalls hubbsen Se halt schnell vum Rad un rennen in de Wald. Ich määän jo blooß.

Spaziergang mit Schokokuss

Wann heit iwwer **unser Sprooch** dischbediert werd, land't mer ruckzuck beim Mohrekopp un beim Zigeunerschnitzel. Dann kummt en Automatismus zum Draache: Stimmung un Aggressivität schaukeln sich in die Heh, als deed's um Leewe un Dood gehe. Un ich kapier's nit. Fer mich gebt's nit de geringschte Grund, die zwää Werter (un noch e paar annere) im Alldaach zu verwenne. Un es isch mir uubegreiflich, wann jemand druff besteht, sie zu benutze. Warum? Was werd dodurch besser?

Will saache: Ganz schää viel Leit sinn jederzeit bereit, iwwer de Schokokuss zu dischbediere un iwwer die scharf Sooß un iwwer es

N-Wort. Awwer es isch, wie's aussieht, ganz schää viel Leit vollkommen egal, wann Werter, wu's werklich wert sinn, dass se erhalte bleiwen, in B'sitz genumme werren un en iwwle Beig'schmack griechen.

„Spaziergang" isch so e Wort. Des hänn uns e paar Proteschtler geche die Corona-Maßnahme maadich gemacht. Aus emme g'sunde, gemiedliche un erholsame klänne Marsch an de frische Luft isch uff ämol ebbes Bedrohliches worre, odder saache mer: Es wird ebbes Bedrohliches draus, wann mir des zulossen, dass en bollidisch b'setzte odder gar verbrennte Begriff draus werd. Un des, weil en klänne Dääl vun de Bevelkerung nit blooß uff die Art sei Uuzufriedenheit zum Ausdruck bringe will, sondern weil er ach noch die Sprooch kapert.

Mein Vorschlaach isch do ganz ääfach: Mir, wu des Wort rette wollen, saachen „Spaziergang" blooß dann, wann werklich unsern gute, alte Spaziergang gemäänt isch. Un zum uuagemeld'te Proteschtmarsch saache mer ääfach „uuagemeld'ter Proteschtmarsch". Un schunn isch gut.

Beim Wort „Querdenker" isch doch es selwe Spiel gewest. Un die Sprooch-Schlacht hämmer, glaawich, schunn verlore. Fer mich isch quer denke klasse, weil's gut isch, wann die eichene Gedanke nit blooß uff de ausgetretene

Unser Sprooch
Der Autor ärgert sich auch, wenn rechtsextreme Splittergruppen, die behaupten, die Bundesrepublik sei eine GmbH und das Deutsche Reich habe nie aufgehört zu existieren, sich „Reichsbürger" nennen, und wenn dieser Begriff in Medien unbedacht übernommen wird. So genannte „Reichsbürger" sind keine Reichsbürger, sondern Republikleugner, und so sollte man sie auch bezeichnen.

Päddelscher vun anno Duwwak rumspazieren. Un was isch bassiert? Des Wort im klare un wohre Sinn isch uns verlore gange, weil's jetzt fer Leit steht, wu vun Freiheit schwadronieren un määnen, die gebt's blooß geche alle Fakte un abseits vum g'sunde Menscheverstand.

Will saache: Vergesse mer endlich de Mohrekopp – un kämpfe mer endlich fer de Spaziergang! Ich mään jo blooß.

Wie 's Leewe so spült

Uff emme Kämmbingplatz lernt mer määner iwwer es Leewe, es Universum un de ganze Rescht, als mer sich jemols hot vorstelle kinne (un wolle). Ich hab zum Beischbiel nit gewisst, dass in Eiroba uff drei Engländer, zwää Deitsche, än Franzos un en halwe Tschech äänezwannzich Holländer kummen. So ebbes erfahrt mer uffem Kämmbingplatz im Land X, irchendwo im Siede. Do lernt mer ach, dass en pensionierte Studjedireggder aus em Bergische Land an emme Dreimannzelt fünfehalb Schdunn lang uffbaue kann un dodefor sechseachzich Hering, hunnertzwanzich Meeder Abspannsääl un e Tusnelda uff'em gebliemelde Kämmbingstuhl braucht, wu Kommandos gebt.

Die greescht Erkenntnis isch awwer iwwer mich kumme, wie ich ins Weschhaus gedabbt bin. Do waren acht Schbielbecke, un devor sinn acht Männer g'stanne, ihr G'scherrdiechelscher iwwer de Schulter wie e Geißel un bis zu de

Ellebooche in Wasser un Pril. Do war mir uff ään Schlaach klar: Gleichberechtichung isch e Illusion. Was treibt die Männer im Urlaub kollektiv an die Schbielfront? Ihr schlechtes Gewisse, weil sich die faule Strick dehääm es ganze Johr de Bobbes hinnenoochdraache lossen – immer noch! Des kann ich nit zulosse. Ich, de Frauerechte un em Geischt vun de Uffklärung verpflicht', hab in alle gängiche Weltsprooche (außer Holländisch) browwiert, de Männer die Sachlaach klarzumache: dass nämlich nit im Urlaub die Musik spielt, sondern im Alldaach (un ich hab naddierlich demonschtrativ uff'm Kämmbingplatz noch nie selwer en Schbiellabbe in die Hand genumme). Awwer entwedder stimmt ebbes mit meine Weltsprooche nit odder die Menschheit isch, wie sellemols beim Galileo, ääfach noch nit reif fer die Wohret.

Ich hab mich dann, e bissel fruschtriert, uff mei gebliemeldes Kämmbingstiehlsche g'huggt un hab die Leit gezehlt, wu mit enre Klobabbierroll in de Hand an mir vorbeigedabbt sinn. Zwää Punkte hawwich mir gewwe fer e weißi Roll, drei Punkte fer rosa, fünf Punkte fer grau (Grünwähler, Deitschland).

Wammer es Universum emol so begriffe hot wie ich, braucht mer ääfach e bissel e Ablenkung. Ich mään jo blooß.

Landstrooße-Blues

Bulldogg uff de Vorfahrtsstrooß,
halwer uff de Mitt,
hinne noch zwää Hänger draa
– hääm kumm ich heit nit.

Zuckel, duckel, ruckel, brems,
knodder, gnewwer, motz,
brabbel, bebber, moser, grunz.
Ja, ich glaab, ich kotz!

Zwanzich Sache in de Stunn
schafft der blooß berchnabb,
nuffzuus losst er deitlich nooch.
Dem g'heert äns uff d' Kapp!

Zuckel, duckel, ruckel, brems,
knodder, gnewwer, motz,
brabbel, bebber, moser, grunz.
Ja, ich glaab, ich kotz!

„Landwirtschaftlicher Verkehr"
häässt des offiziell.
Doch die Feldwääch, die sinn leer.
Des isch kriminell!

Zuckel, duckel, ruckel, brems,
knodder, gnewwer, motz,
brabbel, bebber, moser, grunz.
Ja, ich glaab, ich kotz!

Klari Sach, ich hab kä Wahl:
Sowas g'heert in Haft!
Ich geh' bis zum Brässident
vun de Baureschaft!

Zuckel, duckel, ruckel, brems,
knodder, gnewwer, motz,
brabbel, bebber, moser, grunz.
Ja, ich glaab, ich kotz!

Er biecht ab. Ich blärr'em nooch:
„Strooße-Terrorischt!"
Un vor'm Bulldogg, ich werr blass,
tuckert en Tourischt.

Nix fer ugut. Ich mään jo blooß.

Absprachebedarf

Frieher hot de Babbe freidaachoowends beim Esse g'saacht: Am Samschdaach gehe mer in de Wald. Dann isch die Familie am Daach druff durch de Pälzerwald marschiert, schlecht gelaunt velleicht, mit Gebebber un Geknodder velleicht, awwer sie isch marschiert.

Heit schreibt de Babbe freidaachs an die Familie-Grupp uff Whotts-Äpp: „Wie wär's, wammer morche e bissel z'samme in de Wald gehe deeden?"

„Falscher Chat, Babba", schreibt Kind 1. „Des isch die Termine-Grupp. Wann du ebbes mit uns inhaltlich abspreche willscht, muscht du des an die Diskussions-Grupp schreiwe."

„Ja, awwer, es geht doch um en Termin", schreibt de Babbe. „En Termin fer en Familiespaziergang."

„Nix do", schreibt Kind 1. „In de Termine-Grupp geht's um die Organisation vun Pflichtveraastaltunge, wiederkehrende Ereignisse un nit uffschiebbare Groß-Events. In de Diskussions-Grupp geht's um Vorschlääch, Aareechunge un de freie Austausch. Un dei Wald-Ding isch definitiv e Aareechung."

„Wald isch kä Aareechung, sondern e Zumutung!", schreibt Kind 2 an die Diskussions-Grupp.

„Bevor du so ebbes an alle rumschickst, kinnscht du des ruhich erscht emol im Eltern-Chat thematisiere", schreibt die Mamme an die Eltern-Grupp.

„Simmer acht Johr alt odder was?“, schreibt Kind 1 an die Kinner-Grupp.

„Ich hab halt gedenkt, mir machen emol widder ebbes z'samme“, schreibt de Babbe an die Eltern-Grupp.

„Wald!“ un „Worgs-Smiley“, schreibt Kind 2 an die Kinner-Grupp.

„Zzzz“, schreibt Kind 1 an die Kinner-Grupp.

„Des isch noch lang känn Grund, des nit vorher mit mir zu bespreche“, schreibt die Mamme an die Eltern-Grupp.

„3:1 fer de Betze“, schreibt Kind 3 an die Fußball-Tipp-Grupp.

„Ahnungsloser“, schreibt die Mamme an die Fußball-Tipp-Grupp.

„Bleibt's eichentlich bei unserm Termin-Planungs-Gruppe-Chat am Mondaach um sechse in de Termin-Planungs-Grupp?“, schreibt Kind 1 an die Termin-Planungs-Grupp.

Babbe gründet die „Babbe-Grupp“ un schreibt an sich selwer:

„Do hoscht awwer emol recht, mein Freund. Un morche geh mir in de Wald, gell? Ich mään jo blooß.“

In gereechelte Bahne

De Mensch hot die uuwirtlichschte Leewensraim eroowert: die Wiischt, de Weltraum, es eewiche Eis, die Gibbel vum Himalaya, ja sogar sellemols des alte Kino in de Hauptstrooß, wu die Fraa am Eigang jeden B'sucher aageknurrt

hot, als deed se de Leit statt de Kart de Kopp abreiße wolle. De Mensch will sei Grenze austeschte, will fiehle, wie's Adrenalin durch sein Kerper schießt. De neggschte Nervekitzel muss de greeschte sei.

Un fer die Allermutigschte vun Ihne hawwich heit en Tipp. Wann Se sich vor nix färchten, wann Se sich in enre vun de feindlichschte Regione uff dem Planet durchsetze wollen, dann gehn Se emol morche frieh ins Frei- odder ins Hallebad, un zwar um halwer siwwene. Do warten se schunn, die Bahneschwimmerinne.

Fünf bis acht ältere Fraue, wu jeden Morche um die selb Zeit ins Wasser gehen. Mit de Badekapp uff. Un immer uff de selwe Bahn. Denne g'heert es Schwimmbad. Denne g'heert die Welt. Un Sie sin e Fitzel Dreck an de Schuhsohl vum Leewe.

Wann Sie jetzt waachen, ach blooß de große Zeh ins Wasser zu setze, leesen Sie e emotionali Eruption aus, wu's Licht vun de Sunn ausknipst. Fünf bis acht Kepp drehn sich gleichzeitich zu Ihne um, fünf bis acht Aachepaare durchbohren Ihr Hirn mit Blicke, wu Ozeane verdampfe lossen, un fünf bis acht Mol kummt die Botschaft aa: Des do isch mei Bahn! Wann Sie aafangen zu schwimme, saache mer uff Bahn siwwe, kummt Ihne e blooi Badekapp entgeche wie e Kriegsschiff, un wann Sie ausweichen, wern Sie vun de rote Kapp mit Noppemuschter uff Bahn sechs versenkt. Wann Sie ach noch kraulen, dann wern Sie vun fünf bis acht Dämone bis in die siebt Generation verflucht („Des spritzt!").

Un wann Sie endlich die Bahn vier entdeckt hänn, wu känn Mensch isch, dann bassiert's. De Feind umzingelt Sie rituell un fünf bis acht Stimme schneiden Ihne wie Messer ins Ohr: Des isch die Bahn vun de Fraa X. Die isch vor vier Johr g'storwe!

Wann Sie des iwwerstehn, kann Sie im Leewe nix mä schocke. Ich mään jo blooß.

Großi Safari (1)

Der offene Geländewagen passiert einen sanften Hügel. Der Fahrer trägt Khaki und ist nervös. Er nestelt am Funkgerät und stoppt den Wagen. Dann hebt er die Hand, zeigt nach Westen.

„Links sehen Sie das Dorf …“

„What does he say?“, fragt Mann N° 1.

„There’s a little village“, sagt Frau N° 1.

„Aaaa!“, sagt Mann N° 1.

„Shhhh!“, sagt Frau N° 1.

„Qu’est-ce qu’il y a?“, fragt Frau N° 2.

„Un village!“, sagt Mann N° 2.

„Magnifique!“, sagt Frau N° 2.

„Shhhh!“, sagen Mann N° 2 und Frau N° 1.

Es ist die Stunde nach Sonnenuntergang. Der Horizont: ein blutrotes Band. Der Expeditionsleiter steckt nervös den Bügel seiner Ray-Ban-Sonnenbrille in den Mundwinkel. Seine Augen flackern. Er räuspert sich Mut zu.

„In wenigen Minuten werden wir Kontakt aufnehmen mit Ureinwohnern, die …“

„What does he say?“

„Natives!“

„Awesome!!“

„Oh, yes!“

Mann N° 1 und Frau N° 1 strahlen sich an.

„Que dit-il?“

„Autochtones!!!“

„La pure folie!“

„Oh, ma chère …!“

„Mon petit ours …!“

Die Liebste und das Bärchen küssen sich.

„Ich muss Sie warnen: Wenn wir das Dorf betreten, müssen wir strenge Verhaltensmaßregeln beachten."

„???"

„Mesures de sécurité."

„Safety measures."

„Oooh!"

„Aaaa!"

„Keine hektischen Bewegungen. Abstand halten. Kein falsches Wort!"

Gemurmelte Zustimmung. Der Jeep fährt los. Zwei Kilometer. Schritttempo. Bis zum Ortsschild. Da steht:

Heute Weinfest

„Oh, Gott!", entfährt es dem Expeditionsleiter. Die Sonnenbrille fällt zu Boden.

Er atmet schwer. Die Mitglieder der Reisegruppe schauen sich an.

Fortsetzung folscht.

Großi Safari (2)

„Heute Weinfest" ...

... steht auf dem Schild vor dem Dorf. Die blutrote Dämmerung ist schwarzer Nacht gewichen. Der offene Geländewagen der US-amerikanisch/französischen Reisegruppe steht noch immer einige Dutzend Meter vor dem Ziel. Ein kühler Wind weht über die Dächer und treibt Wortfetzen der Ureinwohner dorthin, wo die Abenteurer atemlos lauschen.

„Ma'mmoblatzdo, du Olwerkollwe! Ich wa-wa-wa-wart schunn viiiiel längerwiedu! Fermichno'nrieslingscho…, r'slngscho…, schsch… Wääschwass? Losseswasseräähfachweg!“

„Geht's noch, du Babbsack? Vordrängle??“

„Wi-willsch Fäng, Be-Berschel?“

Dong.

„Aaaaau!“

„Kumm mir blooß nit bleed, Vordrängler!!“

Dong.

„Auuuuuu!!“

„Nää, Guscht! Bleib doo! Was willscht dann du dort? Der isch doch viel stärker wie …“

Dong.

„Auaaaa!!!“

„Ich saach's noch …“

Der Reiseführer dreht sich um und schaut auf den nächtlichen Hügel. Ein sicherer Ort. Er sieht dunkle Gestalten, die sich von dort aufs Dorf zubewegen. Und auf seinen Jeep.

„Wir müssen los, wenn wir die Ureinwohner in Aktion erleben wollen“, sagt er und fummelt am Zündschloss. Schweiß rinnt über sein Gesicht. Er macht die Tour zum ersten Mal, und er hat Geschichten gehört. Doch er ist jung und braucht das Geld. Der kühle Hauch wird kalt. Eiskalt.

Das, sagt eine stumme Stimme, steht in keinem Prospekt.

Oh my God!
Der Autor stellt sich vor, dass die von ihm geschilderte Safari eines Tages verfilmt wird mit Jean Reno, Sophie Marceau, Emily Blunt und John Krasinski in den Hauptrollen und ihm höchstselbst als Fremdenführer. Auch sonst wird der Autor für seinen Realitätssinn sehr geschätzt. Sollten Sie an anderer Stelle in diesem Buch noch ein weiteres Mal auf das Thema Filmrechte stoßen, sind Sie herzlich zur Kinopremiere eingeladen.

„**Oh my God!** Oh my God! Oh my God! Oh my God!“, sagt Mann N° 1.

Frau N° 1 hyperventiliert ohne Worte.

J'ai peur!“, sagt Frau N° 2.

„Je suis chez toi, ma chère“, sagt Mann N° 2.

„Keine Angst!“, sagt der Reiseführer, „ich hab' das schon hundertmal gemacht.“

Er startet den Jeep. Ein Rebhuhn fliegt auf.

„Aaaaaaaaaaaahhhhhhhhhhhh!!!“

Er schafft es in 40 Minuten zum Airport.

Genug erlebt. Ich mään jo blooß.

Weifeschtstimmung (Nohuffnahm)

Weifeschtsamschdaachoowend. Langi Schlang am Schobbestand. Tempradur: 30 Grad im Schorleschatte. Luftfeichtichkeit: 98 Prozent. Alkoholgehalt: Grenzwert iwwerschritte.

Sie: Schatz, bringscht mer noch e Vertel?

Er: Jo.

Sie: Awwer halbdrocke, gell!

Er: Jo.

Die anner: Guggemool, Karl, der drängelt sich vor! Des gebt's doch nit! Des gebt's doch nit!

De anner: Heer, mach emol langsam, Berschel!

Er: Isch ebbes?

De anner: Frooch nit so bleed. Ich steh schunn länger do wie du.

Er: Was kann ich defor?

De anner: Willscht ach noch frech werre?

Die anner: Recht so, Karl, loss der nix g'falle!

De anner: Jetzt halt doch wenigschdens du emol die Gosch!

Die anner: (Guggt bees.)

Er (zu de Bedienung, kreischt): En Weißherbschtschorle un e Vertel Riesling!

Die anner (zu de Bedienung): Erscht kummt mein Mann draa! Erscht kummt mein Mann draa! Karl, saach ebbes!

De anner: Berschel, glei bischt fällich! *(Zu de Bedienung):* En Rieslingschorle, awwer en dicke!

Er (zu de Bedienung): Kumm, dann mach halt erscht denn dicke Riesling fer den dicke Dollbohrer!

Die anner: Karl, was der zu dir saacht! Karl!

De anner: (Krembelt die Ärmel vun seim Hemd nuff.)

Sie (ängschdlich): Kumm Ginther, mir gehn hääm!

Er: Waart! Erscht noch enni neischwarte!

Ich: Kumm lossen mich emol vor!

Allminanner (blass wie en weiße Kees): Hä???

Ich: Ich muss doch schnell widder fort. Ich will iwwer eich Simbel schreiwe! Ich mään jo blooß.

DE SCHAMBES

Mein Schrank un ich

„Du kinnscht emol dein Klääderschrank uffraame!“ – Des war's nit, was mei Mitbewohnerin g'saacht hot. Es Originalzitat isch de freiwilliche Selbschtzensur zum Opfer g'falle. Es war jedenfalls de Heehepunkt vun emme lange Dischbedierprozess. Besser g'saacht: Die Mitbewohnerin hot dischbediert un ich hab freundlich genickt. Aag'fange hot's, wie ich stolz mit vier paar neie Socke un emme Dreierpack Unnerhosse häämkumme bin. Ich hab mei Trophäe uff'm Kichedisch bräsendiert un fascht so schää g'schnurrt wie de Kater, wann er e Maisel bringt, awwer mir hot die Mitbewohnerin als Belohnung kä Schälsche Extrafutter hieg'stellt. Es deeden, määnt se, sechseachzich paar Socke un dreiesibbzich Unnerhosse in meim Schrank liche, un weil ich kä Infantrieregiment bin, sondern blooß en äänzelne Kerl, muss des doch lange. Un ob ich nit velleicht in Erwäächung ziehe will, erscht emol e paar durchg'scheierte Socke fortseschmeiße, bevor ich neien Schambes in die Schublad quetsche duu, wu sowieso kä Stecknoodel mä neibasst. Sie hett deletzscht doch den gut gemäänte Vorschlaach gemacht, dass ich mich vun alle Herrenunnerbekleidungsprodukte trenne soll, wu ich mer unner de Kanzlerschaft vum Helmut Kohl aag'schafft hab. Un sowieso wär ihre des uubegreiflich, warum's in meim Klääderschrank immer aussehnt, als het e evangelischi Juchendgrupp ihr Pingschtferielaacher drin veraastalt.

Ich hab als weiter genickt un bin dann zu meim Schrank gedabbt. Ich hab die Schublade rausgezoche, hab e bissel rumgekruhschtelt. Was soll ich saache? Ich hab nix g'funne, vun was ich mich hab trenne kinne. Die Unnerhoss, wu ich drin eig'schult worre bin? Die Socke, in dene ich uff em Betze war, wie se 1982 geche Real Madrid gewunne hänn?

Awwer bevor ich meine Mitbewohnerin die Botschaft hab verklickre kinne, hot sich, vermutlich durch die Erschitterung, im owwerschte Regal en Stapel Ti-Schörts geleest un hot mich erschlache. Es waren die gebatikte aus de Sibbzicher. Ich mään jo blooß.

Nuss un Mango

Mer hot des schunn efter g'heert, dass bei Mensche, wann se in Iwwerleewenssituatione kummen, die Sinne ganz b'sunners scharf werren. De Kerper laaft uff Maximum, wann Adrenalin ins Spiel kummt. Uff die Art holt er es Optimale raus, damit des Exemplar vum Homo sapiens die G'fahrelaach am End doch iwwersteht.

Ich huck also im Home-Office un jedi Zell vun mir isch uff Habacht. Es isch Freidaach. Do kummt de Eiswache bei uns ins Dorf. Kurz, bevor er in enre Strooß Halt macht, spielt die Eisfraa e Melodie. Un wann ich die heer, spritz ich aus meim Stuhl uff, renn die Trepp nunner, such mein Geldbeitel, loss en Plärrer los, geh an unser geheimes Urlaubskässel, renn die Hausdier naus, renn durch de Garte, im Vollsprint die Gass nunner bis uff die Hauptstrooß. Ich will de Erschte sei, wu draa kummt. Zwääzmol Nuss, zwäämol Mango, bitte!

Blooß steht do, wu er stehe soll, känn Eiswache. Ich guck mich um, wart e bissel. Die Melodie, wu ich g'heert habb, muss aus enre annere Strooß an mei Ohr gedrunge sei. Ich dabb zurick ins Haus un schaff e bissel weiter. Zeh Minudde schbeeder: Die Melodie! In meine Ohre e Mischung zwische „Freude, schöner Götterfunken“, „We are the Champions“, „Halleluja“ vun Leonard Cohen un „Biene Maja“. In 42 Segunne steh ich widder uff de Hauptstrooß. Es Geld in de Hand, es Wasser im Mund laaft mir z’samme, ich bin komplett außer Atem – un fassungslos: Schunn widder känn Eiswache! Ich troddel hääm.

Es geht noch viermol so: Himmelsmelodie – Powerspurt – Vollfruscht. Ich huck in meim Stuhl, mir laaft die Brieh. Ich iwwerlech: Mei Wohlergehe, vermutlich mei g’samti Exischtenz, hängt so dermaße vun denne zwää Bällsche Nuss un zwää Bällsche Mango ab, dass mei Ohre de Eiswache schunn heeren, wann er fünf Strooße weiter eifahrt odder, noch schlimmer, im Owwerdorf. Soll ich jedesmol losrenne, in de vage Hoffnung, dass die Eisfraa jetzt werklich an ihrm Platz vor unsere Gass steht? Soll ich jedesmol noch fruschtrierter un noch verschwitzter widder häämschlabbe? Wie lang halt ich des durch?

Un was bassiert mit mir, wann ich’s sei loss? Wann ich de Eiswache verbass?

„Schatz“, ruft’s aus de Kich. Es isch die Stimm vun de Vernunft, wu mit mir z’samme des Haisel bewohnt. „Es isch Samschdaach“, saacht die Stimm. „De Eiswache war geschtern do. Wääscht nimmi?“

Ich bin fer alle Zeite verdammt. Ich mään jo blooß.

Nockewellepositionssensor

Frieher war e Auto e Auto, un wann's vorne (odder hinne) gequalmt hot, war's kabbutt. Heitzudaach kummen uff ää Auto, wu qualmt, fünfezwannzich, wu's Lämpel vun de Scheiwewesch-Aalaach brennt, un de Bordkombjuuder maacht dich närrsch, weil er alle fünf Minudde saacht: Ab in die Werkstatt!

Dodebei hoscht du schunn fünfmool noochgeguckt: De Wischwasserbehälter isch voll. De Deggel isch druff. Es Mischungsverhältnis stimmt. Es drobbst nix. Awwer es Wischwasserlämpel brennt un geht ääfach nimmi aus, außer du fahrscht halt doch zum staatlich geprüfte Kfz-Mechatroniker vun deinre Wahl. Awwer do druff hoscht du naddierlich kä Luscht. Also werrscht du ganz langsam wahnsinnich, weil sich des rote Wischwasserlämpel mit jedem Daach diefer in dei Unnerbewusstsei drängelt un dir verzehlt, dei Auto wär hie, obwohl du ganz genau wääscht, dass alles in Ordnung isch – bis uff des elende Lämpel halt.

Gut, mein Kumbel Fred isch deletzscht ohne zu motze zwäädausend Kilometer mit emme piepsende Rechesensor durch die Sahara g'scheest – awwer de Fred isch jo ach en echte Hartrichel. Ich als normaler, sensibler Mensch mit emme g'sunde Grundvertraue in die Errungenschafte vun de moderne Technik kann so ebbes nit. Mei inneri Stimm blärrt „Stopp!", wann e Warnlichtel brennt – ach wann ich's inzwische naddierlich besser wääß. Awwer verzehlen Se emol Ihre Beifahrerin, wu mit Panik im Blick uffs blinkende Lämpel zeicht, dass Ihr Auto blooß uff de Meta-Ebene kabbutt isch, un nit in echt.

Bei mir war's de Nockewellepositionssensor. Also, ich mään, bei meim Auto. Em Name nooch isch de Nockewellepositionssensor dodefor do, dass er guckt, ob die Nockewell noch in de Position huckt. Awwer in Werklichkeit geht er wie alle annere Sensore ääfach kabbutt, wann's ihm zu langweilich werd odder in de Werkstatt e bissel Geld verdient werre muss. Also säät de Nockewellepositionssensor in mir de Zweifel an meine brave Nockewell, ach wann die mir noch nie de Dienscht versaacht hot. Ich habb jo bis zu dem Moment noch nit emol gewisst, dass mei Auto iwwerhaupt e Nockewell hot, un schunn gar nit, fer was. Odder wu. Also fahr ich halt doch in die Werkstatt, un dort werd naddierlich nit die Nockewell repariert, sondern es gebt en neie Sensor.

Immerhie: Finanziell kummt des ziemlich genau uffs selwe raus. Wenigschdens ebbes. Ich mään jo blooß.

Die Kättkämm

Es gebt uff de Welt nix Langweilicheres wie en Hund. Er guckt dich aa, treudoof, er wedelt middem Schwanz, dabbt der uff Schritt un Tritt hinnenooch, un alles immer brav an de Lein. Dann isch er glicklich, de Hund, weil's nausgeht in die Welt, vun dere er määnt, es isch tatsächlich die Welt, obwohl er blooß do hie dibble derf, wu du un die Hundelein ihn lossen.

Sie merken: Do schreibt en Katzemann. Änner, wu begeischtert isch vum uubändiche Freiheitsdrang vun seim Schnurrviech. E Schnurrviech, des immer blooß macht, wu's druff Luscht hot, do kann es Herrsche Schneckedänz vollfiehre, wie's will. So en Kater, der geht naus in die Welt, wann's ihm basst, un macht dort, was ihm graad basst. Un du erfahrscht dein Lebdaach nit, wu er sich widder rumtreibt, nachts, in denne zwää Stunn vun 24, wu er nit uff deine Kautsch licht un pennt.

Des hääßt: Frieher het mer des nie erfahre.

Heitzudaach kammer seim Kater e Kättkämm verbasse. Des isch so e klänni Kamera fer um de Hals, wu filmt, was de Kater so macht, wann er uff Tour geht.

Die erscht Hälft' vum Film sieht mer Kralle un blutverschmierte Unnerärm. Awwer am dritte Daach schafft mer's. Mit zwää Feierwehrhänsching un emme Schutzaazuuch hawwich ihn nooch'em dritte Friehstick (seim, nit meim) im Schloof verwischt. Dann war se endlich in Position, die Kättkämm. Un nooch drei Daach, so lang laaft die Kamera nonstop, hawwich ihm des Ding widder abgenumme – in dem Fall mit leichter Unnerstitzung vun emme befreundete Jäächer un drei dicke Beruhichungspeile: änner fer de Kater, zwää fer die Mitbewohnerin, wu Angscht g'hatt hot ums Seeleheil vun ihrm Kater.

Un do guck hie: Top-Spielfilm-Qualität! Zwääezwannzich Stunn lang es Muschter vun unserm Kannabee aus alle Blickwinkel. Un irchendwann bassiert's: Mer sieht die Holzdiehle, die Trepp. Verlossene Schuh, die Katzeklapp. Alles in Infrarot un aus de Katerperschpektiv. Zeh Meter quer iwwer de Raase, es Gras geht ihm iwwer de Kopp. Er dabbt um die Scheier rum.

Jawohl! De Kater geht naus in die Welt! Wild un frei! Fer ihn gebt's kä Grenze! Er macht, was er will! Annerscht wie so en lahme Bello!

Mer sieht unsern Schopp middem Summermeewel. De Sunneschirm. Die Garteliech. Dann sieht mer zwää Stunn lang de Schonbezuuch vum Gartestuhl. Mer määnt grad, mer heert en schnarche, de Kater. Ganz reechelmeeßich.

Sinn Katze nit ebbes Wunderbares? Ich mään jo slooß.

Krieg der Säcke

Frieher hawwich geglaabt, wammer sein Mill sortiert, machte mer ebbes fer e besseri Welt. Ich hab vun jedem Jokurtbecher de Aludeckel glattgebichelt, un ich hab's dobbelte Eiwickelbabbier vun de Summerwurscht mit de Pinzett un de Lesebrill getrennt in „Babbier" (die Außeschicht) un „Gelwer Sack" (es Wachsbabbier inne). Dann bin ich oowends ins Bett mit de Gewissheit, dass mir in enre ferne Zukunft de Petrus an de Himmelsdier uff die Schulter

kloppt un saacht: Gut gemacht, mein Sohn, kumm rei – willscht en Schluck Riesling?

Un jetzt? Wer heit sein Mill trennt, isch mittedrin im „Krieg der Säcke“. Des hääßt: Mer kann trenne, bis mer grie werd – Säck fer de Dreck nei griecht mer känni. Gelwe Säck zum Beischbiel (des sinn die, wu verreißen, wann se mit Luft in Kontakt kummen), die werren bei uns als Luxusartikel rationiert wie frieher de Muckefuck. Do hot's irchend so en Huddel gewwe mit de Entsorchungsfirma un em „Duale Sischdeem“, un jetzt muss mer hoffe, dass mer iwwer Mundpropaganda erfahrt, wann emool widder e paar Rolle unners Volk g'schmisse werrn. Des geht dann so: „Dunnerschdaach in acht Daach, 23.30 Uhr bis 23.35 Uhr, **Stadtdorf X**, Parkplatz hinner de Schul, Ausschau halte nooch emme dunkelhooriche Mann mit Sunnebrill un enre Narb quer iwwers G'sicht in emme blaue VW-Kombi. Vorsicht, bissicher Hund!“

Säck fer Altglas verdäält derweil e ganz anneri Firma. Was häähßt verdäält? Die Firma hot b'schlosse, dass jeder Haushalt am End vum Johr zwää Rolle mit Glassäck ins Haus geliffert griecht – un des muss dann fer die neggschte zwölf Monat lange. Des hot naddierlich mein Kumbel Fred uff die Barrikade gebroocht, weil der jedi Woch alläa schunn zwää Säck fer Rotweiflasche braucht. Un graad bei dem hot die Entsorchungsfirma vergesse, Altglassackrolle vorbeizubringe. Bei uns iwwrichens ach – awwer mei Mitbewohnerin un ich fahren unser Altglas sowieso immer bei Nacht un Newwel iwwer die grie Grenz in de Landkreis – do hot's noch Altglascontainer. Des heimliche Glasflasche-Entsorche gebt uns en Kick wie frieher es Nacktbade nachts im Freibad. Es isch ääfach herrlich.

Wu war ich? – Ja, bei de Säck. Es Äänziggschde, vun

Stadtdorf X
Sämtliche Detailschilderungen stellen durchaus realistisch die Verhältnisse in einer pfälzischen Stadt dar, deren Namen mit „L“ beginnt und mit „andaach“ endet. Ähnlichkeiten mit anderen pfälzischen Gebietskörperschaften wären vollkommen zufällig, aber erschreckend.

was mer genuuch hänn, sinn Dutte fers Altbabbier. Die sinn bei uns in de Stadt jetzt Ersatzwährung un uug'fehr genauso schwach wie de Eiro: vier Rolle Altbabbier fer ä Roll „Gelwe", sechs Rolle fer e Roll Altglasdutte.

Dauscht jemand? Ich mään jo blooß.

Im Hobbykeller

Als Mann muss mer gucke, dass mer aus de Fieß isch, wann gewischt odder de Debbich g'saucht werd odder wann die Mitbewohnerin alle Fenschter uffreißt, weil die aagebelich ach vun auße gebutzt werre missen. Es isch also Abtauche g'fordert. Un genau do kummt de Hobbykeller ins Spiel: Nirchends sunscht isch en Mann so aus de Welt un gleichzeitich so bei sich selwer wie im schummriche Licht vun enre Sechzich-Watt-Funzel un zwische staawiche Metallregale. Es isch dodebei vollkommen egal, ob so en Bossler zwää linke Händ hot. Im Hobbykeller geht's nit ums Heimwerke, sondern um de seelische Ausgleich. Desweeche derf in so en Hobbykeller ach känn Fremde nei un schunn gar kä ahnungsloses Familiemitglied.

Jeder Bossler hot zu dem Zweck sei eichenes Abschreckungssischdeem entwickelt. Des fangt mit de Ablaach aa. Känn Mensch außer em Bossler selwer kann in dem Hobbykeller ebbes finne. Es Werkzeich isch nit frei zugänglich un schunn gar nit sortiert, sondern nooch emme geheime Plan versteckelt un kann blooß mit Hilf vun emme Spezial-Buchstaawecode widder geborche werre. Code W hääßt: Die Wasserbumbezang licht unnerm Regal uff de Weschtseit bei de Wollmais. Code S: Die Schrauwezieher lichen uff em siebte Regal, Siedseit, wu die Spinneweewe am schrecklichschte sinn. Weil des alläa awwer noch nit Warnung genuuch isch, gebt's in jedem Hobbykeller ach biolochische un/odder chemische Waffe. Mein Kumbel Fred zum Beischbiel macht seit 1997 en Selbschtversuch mit Tapetekleischter: Er hodden domols in enre Tubberschissel vun de Oma aageriehrt un hebt den Schambes bis heit uff. Annere schrecken ihr Feinde mit Sidolin- oder Terpentinreschte ab. De Individualität sinn do kä Grenze g'setzt.

Blooß ebbes isch in jedem Hobbykeller gleich: die heilich Hilti. Die ruht extra **uff emme Altar** un neewedraa brennt e eewiches Licht. In de heiliche Hilti offenbart sich en Leewenstraum: Ämool im Leewe an emme Samschdaach muss en Mann se aus em Hobbykeller raus ans Daacheslicht bringe. Un er muss schlaachbohre odder am beschte en Durchbruch mache.

En Tipp unner Profis: Es isch sinnvoll, nit graad dann aasefange, wann de Debbich frisch g'saucht isch un die Fenschter glänzen. Ich mään jo blooß.

Uff emme Altar
Bei der „Heiligen Hilti" kann es sich im Einzelfall auch um einen Boschhammer handeln. Entscheidend ist das Prinzip: Es geht um die unbändige Leidenschaft des „Bosslers" für Lärm, Dreck und Zerstörung, getarnt als notwendige Renovierungsmaßnahme.

Erdbeerzeit

Uff em Wochemarkt hänn se sich geschtern widder iwwerschlache beim de Leit Erdbeere Uffbabble: „Nemmen Se zwää Schäälscher mit, dann griechen Se noch äns fer ummesunscht", kreischt zum Beischbiel immer geche Middach so e Frääle mit Schorz (Schürze, nicht Shorts, liebe Nichtpfälzer). Sie hot e Koppduuch uff un e Stimm, dass sogar die Milsch vun glickliche Kieh sauer werd, wu ich graad am annere Stand mitgenumme hab.

Awwer ich kaaf die Schäälscher nit, egal wie schää und groß un rot und sieß und lecker die Erdbeere ach sinn. Ach nit an denne ganze annere Obscht- un Gemieseständ, wu's genau so schääne, riesiche, saftiche Erdbeere gebt, wu so gut riechen, dass emme es Wasser im Mund zamme laaft. Ich stell Nas un Ohre uff Durchzuuch und guck uff die anner Seit – wann do nit ach grad Erdbeeere lichen, Sie wissen schunn, so schääne rote, wu aussehnen, als wären se uff Hochglanz poliert. Un wie die riechen!

Ich kann se nit kaafe. Es geht nit. En Mann muss en Mann sei.

Also fahr ich hääm, stell mein Korb ab und geh in de Garte. Dorthie, wu unser Erdbeere wachsen. So klänne verschrumpelte, wo genau so weit iwwerm Bodde hängen, dass die Nacktschnecke draa kummen, ohne en steife Hals zu grieche. Un wann se aus Versehe doch e bissel greeßer werren, unser Erdbeere, dann blooß, weil sich in denne große die Ameise e schäänes

Neschtel baue kinnen, wann se die Beer vun inne raus leerfressen.

Wann ich Glick habb, finn ich so zwää halwe, wu ich mit e bissel Wasser de Schneckeschleim un die Ameise wegwesche kann. Die lech ich dann uff en Deller, setz mich an de Gartedisch un guck se e paar Minudde aa, bevor ich se in de Mund steck.

Sieß sinn se nit. Un en Fingerhut voll Schlaachsahne deed lange, fer e Dutzend vun denne Hutzeldinger versaufe se losse. Awwer: Es sinn meini! Mei Erdbeere. Aus meim Garte. Un solang, wie die wachsen, gebt's kä annere.

Ich mään jo blooß.

Un bä.

De Fall Frieda (1)

Die beschtgenährt Maus vun de Palz häälßt Frieda. Sie wohnt unner meine G'scherrschbielmaschin. Seit vier Daach. De genervteschte Mausjäächer vun de Palz bin ich. Ich wohn uff em Kichebodde. Seit vier Daach. Ohne Schloof. Die Kolumne werd mit letztschter Kraft per Händy durchtelefoniert, vum Linoleum uff'm Bodde aus, neewerm Elektroherd. Un die Frieda grinst. Unsern Kater heggschtperseenlich hot se g'fange, reigetraache, falle gelosst un vergesse.

„Die arm Maus", hot mei Mitbewohnerin g'saacht, un klar war: Mausefall, Schusswaffe un Sprengstoff fallen als Handlungsoption aus, ach wann des viel humaner isch als beiße, durch die Luft werfe, an die Wand batsche un druff rumkaue, wie des de Kater so macht. Awwer nää, die Frieda soll leewend feschtg'setzt, iwwer ihr Rechte uffgeklärt un dann, ohne dass es de Kater merkt, in de Garte eskortiert werre. Eichentlich misst ich ihre ach noch en vereidichte Mäuse-Notfalltherapeut an die Seit stelle, des hawwich meine Fraa graad noch ausredde kinne. Awwer leewend g'fange werre muss se, die Frieda, koschte es mich, was es wolle.

Un weil e Leewendfall so viel daucht wie en sechser Diwwel in emme zwelfer Loch, lich ich jetzt nachts uff de Lauer. Ich hab de Uffdraach, a) die Maus vorm Heldedood durch unsern Kater zu bewahre un b) die Spur aus Öko-Müsli zwische de G'scherrschbielmaschin un de Leewendfall alle zwää Stunn frisch auszuleche. Die Frieda kummt nämlich immer blooß dann aus ihrm Versteck, wann ich fer en Moment eigenickt bin. Dann fresst se sich durch die schockg'froschtete Bio-Himbeere un die fair gehannelte Schoko-Popps bis exakt ään Zentimeter vor de Käffich, guckt de Kees in de Fall nit emol aa, rülpst, un bis ich die Aache uff habb, isch se verschwunne.

Dann huckt se widder in ihrm Versteck un grinst. Ich wääß, dass se grinst, ach wann ich se nit sehn. Ich werr noch verrickt. Ob die Kolumne neggscht Woch erscheint, isch im Moment vollkomme offe. Ich an Ihre Stell, liewe Leser, deed velleicht ehnder uff die Frieda wette. Ich mään jo blooß.

De Fall Frieda (2)

Die Frieda isch fort. Die G'scherrschbielmaschin isch hie. Ich bin am End. Dodemit isch alles g'saacht, was die Woch bassiert isch. Awwer Sie griechen naddierlich die lang Version. Die Maus Frieda, wu siwwe Dach lang unner unserm G'scherrschbieler gewohnt un sich an Bio-Müsli fett g'fresse hot, isch umgezoche. Nit in die Leewendfall, wu ich se hab neilocke solle (mei Mitbewohnerin hot mer jo jedi Gewaltaawendung bei Stroof unnersaacht), sondern mit Ziel uubekannt. Nooch siwwe 24-Stunne-Kichedienschte hot mich de Schloof iwwermannt, mir isch die Müslidutt aus de Hand gerutscht un

ich hab gedräämt vun enre Welt ohne Naachetiere, ohne Katze un, ich glaab, ohne Fraue.

Dann bin ich wach worre weche meine nasse Hosse. Die Frieda hot (des hawwich schbeeder rescherschiert) e Loch in de Abwasserschlauch vun de G'scherrschbielmaschin g'fresse, die Maschin hot Wasser abgelosst, quer durch die

Kich, un midde drin bin ich geleche. Allerdings bin ich als menschlicher Staudamm e glatti Fehlkonschtruktion. Ich bin uffg'sprunge, zornich wie en Hund, un hab die Maschin mit Gewalt uff die Seit g'schoowe. Bis uff e paar Mauseknottle war vun de Frieda nix zu sehne, nit emol, wie ich ausgerutscht un mit meim G'sicht uff em Bodde uffg'schlache bin. Himbeere, Hawwerflocke un Abwasser sinn e g'fehrlichi Kombination, wie ich jetzt wääß. Sie isch ääfach abg'haue, die elendich Ratt, wie se gemerkt hot, dass ihrn Mordaaschlaach uff mich nit funktioniert hot.

Un wie ich widder bei mer war, isch de Kater uff de Trepp g'stanne, als deed ihn des alles iwwerhaupt nix aagehe, mit emme Blick, wu saacht: „Soll ich in Zukunft zu meim Futter surfe odder was? Raam emol e bissel uff!"

Do war dann Schluss. Ich hab mei Lektion gelernt. Ich mach jetzt de Waffeschei, egal, ob mei Fraa odder Ämnesty Internäschenel oder de Bund deutscher Wohnungsmais brodeschdieren. Dann kann se kumme, die Frieda. Dann bin ich bereit. Mann geche Maus – un blooß änner bleibt iwwrich!

Ich mään jo blooß.

De Spieltrieb

Ich geb zu: Mei Lieblingsspiel isch Monopoly. Mit dem Geld, wu mer vun de Bank griecht, kaaft mer Strooße (hähä!), baut erscht Haiser, dann Hotels (hähä!) un kassiert am End so viel Miete, dass alle annere Pleite gehn (hähähähäää!). Des Spiel weckt es Allerbeschte im Mann. Sei Kampfesluscht. Sei Gewinner-Gen. Ich zum Beischbiel hab noch nie e Monopoly-Partie verlore. Merken Se ebbes?

Es gebt blooß ää Problem: Mer braucht halt noch die annere. In meim Fall mei Mitbewohnerin. Un die glaabt, dass es beim Spiele nit ums Gewinne geht, sondern um de Schbass.

„Du bischt charakterlich nit geeichent fer des Spiel“, saacht sie. „Du bischt de mieseschte Gewinner vun de Welt. Du willscht alles plattmache un dann nackich uff de Ruine danze, un zwar ohne Ricksicht uff ...“

Alles blooß, weil ich mir nooch meim letzschte Monopoly-Triumph aus unserm Kiche-Basilikum en Lorbeerkranz gebaut hab. Un weil ich mit enre 200-Euro-Zigarr im Mundwinkel ins Schloofzimmer eimarschiert, ääh, gedabbt bin.

Fuffzeh Johr lang hawwich gebitt' un gebettelt, dass se emol widder mit mir spielt. Ich hab schää Wetter gemacht, ihre es Blooe vum Himmel versproche, ich hab g'schmäächelt un g'strääachelt, ich hab Stää un Bää g'schwore, dass ich nit in hämisches Gelächter ausbrech, wann se uff mei Schlossallee (mit Hotel, hähä!)

Siechertype
Den Autor erreichen immer wieder Aufforderungen, doch endlich zu einer gemeinsamen Monopoly-Partie anzutreten, um die These zu belegen, er habe noch nie ein Spiel verloren. Diese Aufforderungen weisen allesamt einen Unterton auf, laut dem die Auffordernden sich ihrerseits für unschlagbar halten. Der Autor sichert hiermit schriftlich zu, jede Duellantin und jeden Duellanten binnen drei Monaten ab Präsentation dieser Fußnote am Spielbrett in die Schranken zu verweisen.

kummt. Ich hab ihre schriftlich garantiert, dass ich die Schlossallee gar nit erscht kaaf. Ich hab ihre eichehändich fünf „Du-kommst-aus-dem-Gefängnis-frei"-Karte laminiert. Ich hab drei Charakter-Zeuche gelade, wie beim G'schworenegericht in Ameriga.

Vor e paar Daach hawwich's gepackt.

„Alla hopp", hot se g'saacht, „es werd schunn nit so schlimm werre." Un mir hänn uns verabredt': Freidaach, 20 Uhr. Monopoly. Im Wohnzimmer. Mann geche Fraa. Bis zum bittere End.

Un sie hot gekniffe.

Wie ich um zwannzich-hunnert die Dier rei kumm, steicht sie wortlos uff un geht.

War's de Noodelsträäfeaazuuch (vun meim Kumbel Fred)? Hot ihre änner vun meine Sänftedräächer nit gebasst (Studentewerk, Soz-Päds)? Waren's die Strääfe quer iwwer meim G'sicht (ihr Kajalstift)?

Es waren wahrschein's die acht Tänzerinne vum Opernplatz. Die stehen uff **Siechertype** wie mich. Ich mään jo blooß.

Vanillehernle

Vanillehernle. Zart wie Butter missen se sei, dass se fascht ausenannerfallen, wammer se aalangt. In de Mitt schää dick, dass se lang genuuch brauchen, fer sich uffzuleese, wammer se uff die Zung lecht. De Zucker außerum nit zu grob un nit zu fei un schunn gar nit annerscht wie bliedeweiß. Vanillehernle. Puri Sinnlichkeit in Gebäckselform.

Wie frieher. Dehääm. Do sin fer Vanillehernle Reechle uffg'stellt worre. „Vor Weihnachte gebt's känni", hot's g'hääße. Ach die Laacherung

war extra organisiert. Die Vanillehernle sinn in e roti Keksdos kumme, streng getrennt vun de profane Ausstecherlich un em äädärmliche Spritzgebäck. In Reih un Glied un naddierlich in Leffelstellung, 36 Stick pro Laach, dann e Butterbrotbabbier owwedriwwer. Dann widder 36. E Babbier. Un so weiter.

Dann isch die Dos in e Versteck gewannert. Jeder hot gewisst, was fer e Regal in was fer emme Schrank un in was fer emme Zimmer, awwer offiziell war's halt e Geheimnis. Alla isch mer, wammer sich uubeowacht g'fiehlt hot, uff Zehespitze ins Zimmer X, immer en Deller debei, hot die Keksdos rausg'holt, hot die owwerschte Laache uff de Deller umg'schicht un hot dann jedes zwätte Hernel aus de unnerschte Laach g'futtert. Dann es Butterbrotbabbier widder druff un die owwere Laache uffg'fillt, wie sich des g'heert.

Nooch e paar Daach hot mer zwää Erkenntnisse gewunne: Mer isch nit de Äänziggschde im Haus mit dere Strategie. Un wann aus alle unnere Laache määner wie de Hälft vun de Hernle verschwunne sinn, isch des e ziemlich gaagelichi Konschtruktion. Uff vier Vanillehernle, verdäält iwwer die Grundfläch vun enre große Keksdos, losst sich mit Aastand kä Butterbrotbabbier mä leche. Irchendwann sinn die Hernle vun de owwerschte Laach dann uuweicherlich in die Mitt gerutscht, als deeden se die Krümmung von Raum un Zeit darstelle wolle, wie se sich um e Schwarzes Loch entwickelt. Es hot ebbes Aaklaachendes g'hatt, was gut zu meim Ranzeweh gebasst hot vun de viele Vanillehernle.

An Heilichoowend waren dann knapp äänehalb Dutzend Hernle iwwrich, in Reih un Glied drapiert uff acht Laache Butterbrotbabbier. Un die sinn dann gerecht gedäält worre zwische denne, wu sich an Reechle halten, un de Spitzklicker.

Isch des nit de wohre Geischt vun Weihnachte? Ich mään jo blooß.

DE DSCHONNI RAPUNZEL

Dschonni Rapunzel: Sein allererschter Fall

(Dääl 1)

Es isch de häähßeschde Daach vum Johr, un wer jetzt glaabt, ich red vum Wetter, fer den fallt en diefe Schnee. Ich huck am Schreibdisch mit meine zwää Magnums. Vor mir en 2017er Schbeedburgunder vum X, fascht leer – es isch jo beinoh Middaach. An meim Herz mei 357er Smith & Wesson, fascht voll – awwer des mit dere Patron, wu blooß änner wääß, wu se steckt, isch e ganz anneri G'schicht.

Mein Name isch Dschonni Rapunzel, un ich bin Privatdetektiv.

Die klää Brünett steht vor mir wie e Erscheinung. Mir werd hääß un dann glei widder kalt, wie se uuagemeld't die Dier reischlabbt, un ich schenk mir inschtinktiv nooch. Es deed mich nit wunnere, wann die Erscheinung en Satz vun sich gewwe deed wie: „Du kinnscht emol dein Schrank uffraame!" – un ich muss Ihne saache, des deed ich ach sofort mache, wann ich en Schrank hett. Awwer mei Birro isch spartanisch eigericht. Un die letzschde zwää Woche hawwich dort iwwernacht. Des isch widder e anneri G'schicht.

Wie ich so am Simmeliere bin, was die klää Brünett in ihrm kurze Schwarze un mit ihre provokative Steckfrisur sunscht noch so zu biete hot un ob se sich nit prima mache deed als Mitbewohnerin, zieht se e Aachebrau nuff.

„Sie sinn de Dschonni Rapunzel, wu schneller am Schobbe zieht wie e Teichpump.“

Des isch kää Frooch, sondern e Feststellung, un ich wääß, ich halt jetzt besser die Gosch. Ich zeich mit enre Handbeweechung uff de Kliente-sessel, awwer die klää Brünett bleibt stehe. „Ich brauch Ihr Hilf’“, saacht se, in emme Tonfall, als hett se vor mir 20 Schnüffler g’froocht, wu im

Gechesatz zu mir ebbes druff hän, wu awwer ausgebucht sinn. Odder wu en siebte Sinn hänn fer Probleme, wie ich inzwische wääß.

„Wumit kann ich diene?“, frooch ich, e bissel umständlicher wie sunscht, un die kläā Brünett huckt sich jetzt doch hie un guckt debei abfällich uff mei Magnum Nummer äns. Soll ich ihre velleicht es Stimbel fers Limbel aabiete? Nix do. Die Flasch isch fer mich.

„Ich hab e Problem“, saacht se. „Es geht um die Dannde Liesel.“

In meine Oodre heert's Blut uff se zirkuliere. Die Dannde Liesel.

Werd de Dschonni Rapunzel den Fall aanämme? Macht ihm sein Kumbel Fred widder de Krumbel nei? Spielt die kläā Brünett e sauweres Schbiel? Die Spannung isch nit zu erdraache. Awwer des isch volli Absicht.

Dschonni Rapunzel: Sein allererschter Fall

(Dääl 2)

De Dschonni Rapunzel isch Privatdetektiv un hot B'suuch vun enre klänne Brünette, wu e Problem mit de Dannde Liesel hot. De Dschonni isch g'schockt, wie er den Name heert, awwer er isch Profi un losst sich nix aamerke.

„Warum gucken Se dann so verschreckt?“, froocht die kläā Brünett in ihrm klänne Schwarze un scheint sich se amisiere.

„Des muss an dem Schbeedburgunder liche“, saach ich un schieb mei Magnum Nummer äns uff die Seit. Mei Magnum Nummer zwää isch immer noch dort, wu se hieg’heert: frisch geölt direkt an meim Herz.

„Hänn Se Schiss?“, froocht es klänne Schwarze, des sich in meim Kopp immer määner in de Vordergrund drängelt, vor allem die Knie am unnere End vum Klääd, wu ... Awwer es G’schbrääch laaft in e Richtung, wu mir gar nit g’fallt. Un des bassiert mir sunnscht blooß, wann ich mit mir selwer red.

„Was hänn Se dann se schaffe mit dere Fraa?“, frooch ich un zieh enni vun meine Cohiba Espléndidos aus meine Schublaad. Ich wääß nämlich, was gut isch. Ich beiß e End ab un spuck’s direkt neewer de Babbierkorb. Mein Name isch Dschonni Rapunzel, un ich wääß, wie mer so e Häsel im Minirock beeidruckt. Die klää Brünett holt en Strääfe Kaugummi aus ihre Handdasch, lecht’en sich langsam uff die Zung, schließt die Lippe un lehnt sich in meim Klientesessel zurick. Verdammt, isch die gut.

„Es isch umgekehrt“, saacht se. „Die Dannde Liesel macht mir mei G’schäft kaputt.“

Der Name! Mir laaft’s widder eiskalt de Buckel nunner. Awwer mei G’sicht strahlt großi Gelasseheit aus. In dem Moment bimmelt es Telefon. Es isch so e altmodisches mit Wählscheib un Drullerkaawel. Ich bin en Mann mit Stil, un mei Krawatt isch vun Kaschmir. Südhang.

„Dschonni Rapunzel, Privatdetektiv.“

„Achgottachgott!“, bischbert mein Kumbel Fred. „Isch se schunn do?“

„Wer?“, frooch ich. Mein Name isch Dschonni Rapunzel, un mei Nerve sinn Betonpeiler wie die vun de Pylonbrick in Ludwichshaafe. Blooß mei Metaphre, die waren frieher besser.

„Mach ihre blooß nit die Dier uff, dere klänne Brünette, die hot ...“

Tuuuuuut. En knallrot lackierte Finger drickt uff die Gawwel vun meim Telefon. Dann zeicht der Finger uff mich.

„Guck mir in die Aache, mein Freund!“, saacht die klää Brünett. Sie isch de Eisberch un ich bin die Titanic. „Also ...“, saacht se un holt Luft. „Wann ich noch äämool heer, du hettscht g'saacht, de Dannde Liesel ihr Keesesahne wär besser wie meini, dann bischt du G'schichte. Versteh mer uns?“

Ähm. Ja. Mir verstehen uns. Klar doch.

Mein Name isch Dschonni Rapunzel, un ich hab schunn widder en Fall geleest. Ich bin ääfach en Profi. Ich määän jo blooß.

Dschonni Rapunzel: En Albtraum in Rot

Es Spurebild schafft's, dass sogar emme hartg'sottene Ermittler wie em Dschonni Rapunzel es Blut in de Oodre g'friert. Ja, unserm Dschonni Rapunzel, em beschte Privatdetektiv zwische Messer im Kreiz un Lyoner vum

Schwenker, odder mache mer nit so viel Worte: halt zwische Monnem un Saarbricke.

De Tatort: en Albtraum in Rot. Alle vier Wänd iwwerseet mit Spritzer un dicke Drobbe, wu sich als zittriche Strääfe nooch unne g'schafft hänn. Er denkt: Wer hot dann heit noch Raufaser? Un ach noch grob! De Schrank isch versaut. De Kamin. Ziemlich genau in de Mitt vum Zimmer drobbst's sogar rot vun de Deck. In emme Eck uff'm Bodde spiechelt sich es Licht in enre große, dunkelrote Pitsch. Wer den Eschtrich gelecht hot, war scheinbar nit ganz bei de Sach.

De Eschtrichlecher isch mei klännschtes Broblem, denkt de Dschonni Rapunzel. Er war schunn widder als Erschter am Tatort. Vor de Bollizei. Vorm Rettungsdienscht. Er hot e Nas fer so ebbes. Un immer noch kä aaschdännichi Berufsrechtsschutzversicherung.

Sei Nackehoor stellen sich. Inschtinktiv drickt er sei 357er Magnum ans Herz, trefft middem Rieme vum Holschter die Lewwer un zuckt z'samme vun emme stechende Schmerz, wu er gut kennt. Des hawwich mer doch glei gedenkt, saacht er sich, die 2017-er Magnum St. Laurent vun geschtern Oowend muss doch en Fehler g'hat hawwe. Er schittelt de Kopp un macht e Gedankenotiz, dass

Dschonni Rapunzel
Privatdetektiv Dschonni Rapunzels Nachname ist kein Pseudonym. Unser Held heißt wirklich so. Der Spannungsbogen reicht dabei von der Grimmschen Märchenfigur, die ihrerseits wohl auf die junge Petrosinella in einem Märchen von Giambattista Basile (1575-1632) zurückgeht, bis zu einem der unzähligen pfälzischen Wörter für Feldsalat (neben Vielläppcher, Dollersche und Ritscher). Rapunzels Rufname als Kind war Hansi, was ihn früh motivierte, einen Waffenschein zu erwerben.

er em Panscher-Fred B'scheid stoßt, wann er ihn es neggschte Mol trefft. Dann fallt sein Blick widder uff die grauselich Lätsch in Rot. Er schweert sich: Die neggschte drei Woche sauf ich Weißwei.

Bletzlich e Geraisch. „Verdammt", saacht er laut un zieht wie en Blitz sei Magnum Nummer zwää. Er halt die Luft aa.

Aus de Kich kummt e klänni Brünetti mit emme Kucheblech uff'm Arm. Owwedruff e Uff-laufform.

„Schatz, ich hab uns en Kerscheplotzer gemacht", saacht se un strahlt. „Die Dannde Liesel hot mer extra ihrn alte Ritsch-Ratsch-Kersche-Entstääner gelehnt. Ich glaab, es hot e bissel g'spritzt." Sie lacht un stellt es Kucheblech ab.

Alla. Widder en Fall geleest.

Es Haus renoviere isch dann de neggschte Fall fer de Dschonni Rapunzel.

Dschonni Rapunzel: Bei Daach un Newwel

(Dääl 1)

Die Nacht isch sterneklar gewest. Awwer am Morche ziehn Newwelschleier durch mei Biro. Do Oowend hot sich gezoche, un mei Honorar vum letzschte Fall hawwich gut inveschtiert in drei Fläschelscher Schbeedburgunder geche de Dorscht. Mein Name isch Dschonni Rapunzel, un ich bin Privatdetektiv.

Ich bin schunn e paar Johr im G'schäft. Un ich wääß, wie's laaft: Mer hot's nit leicht, awwer leicht hot's em. Allerdings manschmol, ja manschmol, wann die Venus gut steht zum Mars un de Mondaach uff en Mittwoch fallt, dann kloppt e klänni Brünetti in Prada an die Glasdier vun meim Biro, wu mein Name in große Großbuchstaawe druffgebabbt isch. Sie streckt de Kobb rei un haucht: „Sinn Sie de Dschonni Rapunzel, wu macht, dass alles widder gut werd?"

„Setz dich, Schätzel!", saacht mein Testosteronspiechel, „du hoscht dein Mann g'funne."

„Awwer ich hab Ihne doch noch gar nit verzehlt, dass er ..."

„Pssssssscht, Schätzel", saach ich in meim sonorschte Bariton, obwohl ich en Tenor bin mit Singstunn. Sie guckt mich mit große Aache aa un macht känn Mucks. En Dschonni Rapunzel wääß, wie er middem schääne G'schlecht umgeht: genau so wie mit seine 357er Magnum Smith & Wesson. Des Schätzel draach ich ganz noh am Herz – un immer locker im Holschter. Mir verstehen uns.

Die klää Brünett setzt sich uff mein Kliente-sessel un zieht ihrn halblange Falterock iwwer die Knie, was aus meiner Sicht nit het sei misse – des middem iwwers Knie ziehe, nit des middem Sessel.

„Kann ich offe redde?", froocht se un guckt mir mit ihre blooe Aache direkt in mei Herz – will saache: uff mei 357er Magnum Smith & Wesson. „Kann ich Ihne vertraue?"

„Vertraue isch mein zwätte Vorname."

„Dschonni Vertraue Rapunzel?“, froocht se un dreht sich nooch de Glasdier um, wu mein Name druffsteht, in große Großbuchstaawe.

Mir werd klar: Des Schätzel wohnt nit in Kapiersbach. Awwer mit ihrm Joppe vun Prada un denne Bää werd des schunn noch en Fall fer mich. De Dschonni Rapunzel wääß, wu de Hammer hängt.

Was werd die klää Brünett vum Rapunzel wolle? Wuhie werd der Fall unsern tapfere Held fiehre? Werd sich de Newwel in seim Kopp, äh, in seim Birro iwwerhaupt rechtzeitich lichte? Fortsetzung folscht.

Dschonni Rapunzel: Bei Daach un Newwel

(Dääl 2 und Schluss)

Bis jetzt bassiert: De beschte Detektiv nerdlich vum Erlebach un siedlich vun de Pfrimm hot e durchzechti Nacht hinner un e Wunner in Prada vor sich. Hauptrolle: drei Flasche Schbeedburgunder, de Dschonni, e brünettes Schnuckelsche.

„Was soll'n des fer en Bleedsinn sei, was du do schreibscht?“, froocht die Dannde Liesel.

„Ja, en Krimi, naddierlich!“, saach ich. „Un deedscht jetzt, bittschää, aus em Bild gehe!“

„Ach, der Herr schreiwen en Krimi?“, froocht mei Mitbewohnerin süffisant. „Wären heit nit die Kochwesch draa un es Bunte?“

„Kinnen ihr Nervesääche mich nit in Ruh losse? Wie soll ich dann kreativ sei, wann ..."

„Kreativ?", froocht mein Kumbel Fred un lacht, „seit wann bischt dann du kreativ? Du schaffscht doch bei de Zeitung." Er dreht sich verschweererisch zu de zwää Fraue um. „Merken ehr was? Er hot g'saacht ‚aus em Bild schlabbe' – nit ‚aus em Text'. Ich saach's eich: Des Schlitzohr will die Filmrechte verkaafe fer sein Krimischrott!"

„Filmrechte? An dem ferzbeiteliche Hobbdiddel-G'schreibsel? Ich lach mich doot!", saacht die Dannde Liesel.

„Der glaabt b'stimmt, de Dschonni Rapunzel isch e Roll fer de Dschordsch Clooney", saacht mei Mitbewohnerin un grinst.

„Odder fer de Brät Pitt!", saacht de Fred un wiehert wie en Gaul.

„Es kummt blooß de Ryan Gosling in Frooch", saacht de Dschonni Rapunzel un zieht lässig an seine Cohiba Espléndidos. Des Ding koscht e paar Scheinscher, saach ich Ihne.

„Wer soll'n des sei?", froocht die Dannde Liesel.

„Siggscht! Ich hab recht!", saacht de Fred.

„Lossen den Mann emol in Friede!", saacht mei Mitbewohnerin.

De Dschonni Rapunzel guckt iwwerrascht uff un schenkt seine Klientin zwää Reihe Zäh, perleweiß. Der Mann wääß, was Fraue wollen.

„Saachemool, Liewer, wer spielt dann in dem Film eichentlich die klää Brünett?", frocht die kläa Brünett un streicht sich wie zufällich die

Hoor hinners Ohr. Ihr Lippe formen de Aasatz vun emme Kuss.

„Die Emma Stone, Schätzel“, saacht de Dschonni Rapunzel wie aus seine Magnum Nummer zwää g'schosse. „Un in ihre ältere Johre die Sophie Marceau naddierlich.“

„Du schloofscht bis uff Weiteres im Gäschtezimmer!“, saacht die klää Brünett un springt aus em Klientestuhl.

„Fer mich gebt's blooß die Ruth Maria Kubitschek“, saacht die Dannde Liesel.

Im Biro dreht de Dschonni Rapunzel die Jalousie uff blind. Er lehnt sich in de Sessel, lecht die Fieß uff de Disch, zieht an seine Cohiba, dann an de Schbeedburgunder Magnum. Die klää Brünett in Prada isch so schnell widder fort gewest, wie se kumme isch. „Fraue!“, saacht er. Dann schlooft er ei.

Er isch de Dschonni Rapunzel, Privatdetektiv. Um ihn rum en Newwelschleier. Awwer des g'heert so.

Dschonni Rapunzel: Eh alles Worscht

(Dääl 1)

E Menschetraub vor de Auslaach vum „Schuhaus Worscht“ isch, vorsichdich ausgedrickt, e Sensation. De Schuhlade in de Benediktinergass hot sei beschte Zeite seit mindeschtens 40 Johr hinner sich. Sellemols sinn die feine

Dame aus de Ottwollee vun de Stadt Schlang g'stanne fer Schickelscher aus Bärmesens. Heit babbt de Gilb in jedem Regal un es Schaufenschter hot, wie's aussieht, es letzschte Mol unnerm Kanzler Erhard en Butzlumbe g'sehne.

Dichtgemacht hot es „Schuhhaus Worscht" trotzdem nie. De Worschte Fritz, Schuhhännler in de sechste Generation un alläästehend aus Mangel an Alternative, isch zwar alles annere als en G'schäftsmann, awwer er isch Traditionalischt. Un des kann er sich leischte, seit ihm sei Großdannde Elfriede, ausgewannert anno Duwwak middem Willibald Worscht aus'm Owwerdorf, e paar Haiserblocks in Cincinnati, Ohio, vermacht hot. Schääner Bimbes, gemacht mit deitsche Komfortschuh.

Die Menschetraub hot nix mit de Schuh se duu, wu de Worschte Fritz zu verkaafe het, wann er sich ach blooß im Geringschte fers Verkaafe intressiere deed. Es isch de Worschte Fritz selwer, wu Uffmerksamkeit erreecht. Er sitzt im Schaufenschter, e Paar Waldlaifer uff'm Schoß un e Loch in de Stirn.

„Steckschuss", saacht de Gerichtsmediziner Schnippel zum Kommissar Zufall.

De Kommissar het an seim freie Morche eichentlich bei de Fußpfleeche sitze solle. Peifedeckel, denkt er, dodebei dricken mei Schuh doch so. Er guckt sich in de Auslaach um.

„Wer hot die Leich entdeckt?", froocht er die Bollezischte, wu ohne jeden Noochdruck versuchen, e Absperrband am Trottwa vorm Lade entlang se spanne. Sie missten's besser wisse.

E neischierichi Bloos wankt velleicht, awwer sie weicht nit.

„Es werd Ihne net gefall“, saacht de Gerichtsmediziner Schnippel mit seim Lautrer Zungeschlaach.

„Do huggt an meim freie Mittwochvormiddaach en doote Schuhhännler in seim eichene Schaufenschter, e Kuchel im Kopp“, saacht de Kommissar Zufall, „was, um Himmels Wille, soll mer dann do heit noch wennicher g'falle?“

„Die Leich“, saacht de Gerichtsmediziner Schnippel, „isch um exakt 4 Uhr 24 entdeckt worr vum ...“

„Vum ...?“, beffert de Kommissar Zufall.

„Vum Privatdetektiv Dschonni Rapunzel.“

„Verdammt!“ De Kommissar Zufall langt sich an de Maache.

Wer hot em Schuhännler nooch em Leewe getracht? Was macht de Dschonni Rapunzel in aller Herrgottsfrieh in de Benediktinergass? Un vor allem: Warum hot de Kommissar Zufall so en Brass? Fortsetzung folscht.

Dschonni Rapunzel: Eh alles Worscht

(Dääl 2)

De Schuhhännler, wu erschosse in seim eichene Schaufenschter huckt, isch fer de Kommissar Zufall wie e Flasch Schnaps uff e Maacheg'schwier. Un weil de Kommissar Zufall nit blooß känn Schnaps verdraacht, sondern ach kä Sproochbilder versteht: Die Flasch Schnaps isch es Verbreche un es Maacheg'schwier isch de Privatdetektiv Dschonni Rapunzel.

Der elendiche Dunitgut hot bis jetzt jeden große Fall in de Laufbah vum Kommissar Zufall geleest, noch bevor de Kommissar Zufall hot „Babb" saache kinne. Des kann emme Chefermittler schunn uff de Maache dricke. Vor allem, weil der Rapunzel en elendiche, arrogante Suffkopp isch mit määner Glick wie Verstand. Un naddierlich, weil de Kommissar Zufall iwwerhaupt kä Spur hot.

Fescht steht fer die Bollizei: De Schuss isch nit durch's Fenschter kumme, de Schuhlade war abg'schlosse un nirchends isch e Tatwaff zu finne gewest. „Kaliwer 22", saacht de Gerichtsmediziner Schnippel, „awwer des muss die Ballischtik noch bestätiche". Was die Bollizei außerdem wääß: De Worschte Fritz hot kä Freundin, kä Freunde, kä Mitarweider, wu en Schlissel hänn. Gebt's velleicht noch Verwandtschaft in Ameriga?, froocht sich de Kommissar, ich muss draa denke, dass des emol änner checkt. Jedenfalls gebt's kä Eibruchsspure, un im Worschte Fritz seim Teschtament, des offe uff'm Büffet licht, steht: Mein ganze Bettel erbt de FSV Määnz 05. „Mord im g'schlossene Raum" nennt mer des Phänomen in de Kriminologie. Kä Ahnung vun Fußball, saacht mer dezu uff Pälzisch.

„Denne Määnzer trau ich alles zu. Kann ich gehe?", froocht de Dschonni Rapunzel, wu im

Vernehmungsraum huckt. Uff de anner Seit vum Disch huckt de Kommissar Zufall. Sie hucken dort erscht seit drei Minudde, un die Geduld vum Kommissar Zufall huckt schunn dort, wu de Kaiser alläă hiegeht. Ach die Metapher, mer ahnt's, macht, dass es em Kommissar uff de Maache drickt.

„Nix do!", saacht de Kommissar Zufall. „Sie bleiwen schää do. Also: Ihne isch iwwerhaupt nix uffg'falle, wie Se die Leich entdeckt hänn? Un was hänn Sie dann iwwerhaupt so frieh am Morche in de Benediktinergass zu schaffe?"

„Ich schloof schlecht", saacht de Dschonni Rapunzel, un um sein Mundwinkel zuckt's. Isch des e Grinse? Isch des Absicht?, froocht sich de Kommissar Zufall. Isch des e Signal, dass de Rapunzel Lieche verzehlt? Er hot blooß uff die zwätt Frooch e Antwort gewwe. Un de Kommissar Zufall wääß, dass de Dschonni Rapunzel wääß, dass de Kommissar Zufall des wääß. De Kommissar Zufall wääß ach: En Verhörprofi uff'm Zenit vun seim Schaffe het schää ää Frooch nooch de annere g'stellt.

„Mir machen Schluss fer heit", saacht de Kommissar Zufall un langt sich an die Seit vum Bauch. Er braucht sei Pantoprazol. Dringend.

„Des basst gut", saacht de Dschonni Rapunzel. „Morche kann ich Ihne nämlich saache, wer de Mörder isch. Tschüssi ...!"

Em Kommissar Zufall dreht sich de Maache um. Er schnappt nooch Luft.

Wie jetzt? Des war's? Warum geht des so schnell? Wer war's dann? Un was war's Motiv?

Het mer do als Leser ach selwer druff kumme kinne odder isch des widder so en lumbiche Billigkrimi, wu am Schluss de Mörder wie e Karnickel aus'm Hut gezauwert werd? Warum kann de Dschonni Rapunzel des Geheimnis erscht am neggschte Daach lifte? Un vor allem: Geht des alles gut aus fer em Kommissar Zufall sein Maache? (En Tipp: Es geht nit.) Fortsetzung folscht.

Dschonni Rapunzel: Eh alles Worscht

(Dääl 3 un Schluss)

In de Mordnacht dabbt de Dschonni Rapunzel in aller Herrgottsfrieh durch die Benediktinergass. De Alkohol im Blut hot ihn am Oowend eischloofe losse wie en Stää. Awwer um viere isch die Nacht rum. Do hot sein Blutzucker „Hallo, wach!“ geblärrt. Er hot sich de Jobbe iwwergezoche un isch losgedabbt in die Stadt. In de Benediktinergass sieht er vun Weitem, wie jemand de Schuhlade vum Worschte Fritz abschließt. Es isch nit de Worschte Fritz selwer, der uuseeliche Babbsack. Un des kummt em Dschonni Rapunzel määner wie komisch vor. Wie die Uhrzeit ach. Die Figur dabbt langsam in die anner Richtung devu. De Dschonni macht sich uff de Weech. Wie er vorm Schaufenschter steht un de Worschte Fritz mit emme Loch im Kopp uff seim Stuhl hucke sieht, steckt er sich e Cohiba Espléndidos aa. Er betracht de Mond, un de Reschtalkohol surwelt in seim Hirn. Er schiddelt de Kopp. Dann laaft er langsam los. Grinst er? Des wääß alläa de Geischt vum Worschte Fritz.

E paar Daach druff schlappt de Kommissar Zufall neewerm Dschonni Rapunzel her. Extrem schlecht gelaunt. De Rapunzel, der Suffkopp, hot jeden große Fall in de Stadt geklärt, bevor de Chefermittler middem schwache Maache hot ach blooß uffstoße kinne. Un ach jetzt drobbst dem elende Privatdetektiv widder die Selbschtg'fällichkeit wie Schwääß vun de Stirn.

„In e paar Minudde hänn se Ihrn Mörder", saacht de Dschonni Rapunzel un kratzt sich an seim Dreidaachebart.

„Grmbl", saacht de Kommissar Zufall. „Grmbl", saacht em Kommissar Zufall sein Maache. Vor de Hausdier vum Dschonni Rapunzel bleiwen die zwää Spaziergänger stehe.

„Simmer so weit?", froocht de Privatdetektiv, als wär er en schlechte Kinnerdokter un de kläa Zufall deed glei e großi Spritz grieche. De Kommissar nickt kaum, awwer doch.

De Dschonni Rapunzel schließt die Wohnungsdier uff. Am Kichedisch hucken sei Mitbewohnerin, sei Dannde Liesel un die Elfriede Worscht, em Worschte Fritz sei Großdannde aus Ameriga. Die drei spielen Schoofkopp.

„Hucken Se sich en Moment", saacht die Mitbewohnerin. „Die Dannde Liesel spielt grad en Herz Solo. Un Sie wissen jo, wie se isch." E Kart knallt uff de Disch.

„Unser gaansi Wouhnunge in Cincinnati hämmer dejm Lumbehund iwwerschrieb“, saacht die Elfriede Worscht nooch e paar Minudde un nippt an ihre Tass Kaffee. Sie hot en schlimme Akzent nooch all denne Johre in Ameriga. „Die Schuhlade heet er uff Vordermän bringe soulle! Un was mackt er? Er bringt de gansi Bimbes dursch! Un die Lade sieht aus wie im Kriesch. Er losst die gute Näim Worscht verkumme! Er mackt die Näim Worscht kabbuut! Was fer e Schann!“ Die Ausrufezeiche knallen durch die Kich wie Pischdoleschiss.

Sie hot bei ihrm allerletzschde Palzb'such noch äämool nooch em Rechte gugge wolle, die Elfriede Worscht. Un äämol noch Saumaache esse in de Palz. Es marode Schuhg'schäft un die billiche Ausredde vum Fritz hänn se in Raasch gebroocht. Sie hänn e Nacht lang dischbediert. Irchendwann isch se de Speicher nuff, was nit ganz ääfach isch mit ihre 88 Johr, un hot aus ihre alte Iwwerseekischt die Klääkaliwer-Pischdool vum Großunkel Willibald selich gekruhschtelt. „Huck dick uff de Stuhl“, hot se zum Fritz g'saacht. Sie hot ihn mit de Schusswaff ins Schaufenschter dirichiert.

Dann hot se in de Auslaach vum Schuhaus Wortscht die Ehre vun de Familie widder herg'stellt. Abzudrigge isch ääfacher gewest, wie se gedenkt hot. Un des Paar Waldlaifer uff'm Fritz seim Schoß war de Abschiedsgruß vum Schuhhaus Worscht an die Kunde in de Stadt.

Sie hot mit ihrm alte Ladeschlissel abg'sperrt wie frieher un isch devu gedabbt.

Bis de Dschonni Rapunzel sie an de neggschte Eck eig'holt hot. Sie isch 88 Johr alt, Sie erinnern sich. „Genoowend, Fraa Worscht!", hot de Privatdetektiv g'saacht. Sie hot blooß genickt.

„You know, Herr Wacktmaaschder", saacht die Elfriede Worscht, un de Kommissar Zufall zuckt schunn gar nimmi z'samme, „ick habb zum Dschonni g'sackt: Geb mir drei Daack, fer mein Schambes suu reigle. Un dann deed ick gern nock emol Saumaache esse un e Nackt lang Schoofkopp klobbe."

Die Mitbewohnerin mischelt die Karte nei.

„E Konnjäggel?", froocht die Dannde Liesel.

De Kommissar Zufall langt sich an de Maache.

De Dschonni Rapunzel hebt de Dannde Liesel sei Glas hie un grinst. Jetzt lees ich mei Fäll schunn nachts un im Suff, denkt er sich. Mein Blutzucker isch e Genie. Un ich muss ääfach e Legende sei.

Ende

DIE HEI MAT

Mei Heimat

Heimat isch fer mich, wu die Helene Fischer nit singt un ich känn Schwartemaache esse muss. Heimat isch fer mich, wu känner kreischt, dass die Pälzer die Beschte sinn un alle Saarlänner un Badenser blooß Simbel. Heimat isch fer mich, wu's noch e Asylrecht gebt, des den Name ach verdient. Heimat isch fer mich, wu unser Werte, die mir uns iwwer Johrhunnerte in emme harte Kampf vor allem mit uns selwer erkämpft hänn, unantaschtbar sinn fer jeden, wu in unserm Land lebt, awwer ach fer jeden, wu in unser Land kumme un do leewe will.

Heimat isch fer mich, wu ich kä Angscht hawwe muss, wann ich uff die Strooß geh, wu ich awwer ach nit alle fünf Meter en Bollezischt odder e Bollezischtin sehe muss. Heimat isch fer mich des Kapellsche uff de Klää Kalmit, vun wu aus mer iwwer die ganz Siedpalz gucke kann. Heimat sinn fer mich die Bunker mit de „Cabinet War Rooms“ in London: die Kriegszimmer fer die Regierung im Westminschter-Vertel, wu de Winston Churchill als letzschti Baschtion die Schlachte geche die Nazis geplant hot.

Heimat isch fer mich es Deitsche Eck in Koblenz un de Omaha Beach in de Normandie. Heimat isch fer mich die Oschtkurv vum Betze, ach wann ich do schunn fascht dreißig Johr nimmi g'stanne bin, weil ich viel zu bequem worre bin un de FCK viel zu lang viel zu schlecht gewest isch. Heimat isch fer mich die

Trepp, nunner zu de U-Bahn-Station am Invalidedom in Paris, wu mei Mädel un ich sellemols e Nacht lang bei null Grad g'huggt sinn un Lieder g'sunge hänn, weil mir die letzscht Bahn zum Kämmbingblatz verbasst un kä Geld mä g'hatt hän fer e Taxi odder fer e Zimmer.

Heimat isch fer mich en Riesling vun de Mosel, en Riesling aus de Palz, en Riesling vun de Mittelhaardt, en Griene Veltliner aus de Wachau un en Tempranillo aus'm Rioja. Heimat isch fer mich Pasta aus Bari, Bouillabaise aus Aix en Provence, Saumaache aus de Palz un des Gemies middem g'schmacksreduzierte Tofu aus'm Wok vun meine Mitbewohnerin.

Heimat isch fer mich dort, wu mer leichter „Gunndach" saacht, als „Volksverräter" ins Internet schreibt. Heimat isch fer mich e Zeitung aus de Palz un Netflix aus Ameriga. Heimat sinn fer mich Vanillehernle un Sushi (wann's geht, als getrennte Mahlzeite).

Un Heimat isch fer mich dort, wu ich iwwer Heimat nit noochdenke muss.

Ich mään jo blooß.

ÜBER

Michael Konrad

„Gell, schreiwen Se ebbes Schäänes!“ Von diesem Satz ließ und lässt Michael Konrad sich nicht schrecken: Seit 1994 arbeitet der Landauer als Redakteur für die „Rheinpfalz“. Seine Freude an der Sprache, durch einige Jahre des Germanistik- und Anglistik-Studiums nicht wesentlich gebremst, führte ihn zum Pfälzischen, jenem Dialekt, der Pfälzer zusammenschweißt und viele andere ratlos den Kopf schütteln lässt. Mit der Serie „Saach blooß“ über Pfälzer Sprüche und Begriffe kehrt er seit 2002 den Spieß um und treibt seinerseits die Leser an: „Schreiwen Se ebbes Schäänes!“ Der Autor spürt seither gemeinsam mit seinen Leserinnen und Lesern erfolgreich den Rätseln der Pfälzer Sprache nach. Seit 2007 arbeitet Michael Konrad als Mitglied der Gründungsredaktion bei der „Rheinpfalz am Sonntag“ und gibt in der wöchentlichen Kolumne „Ich mään jo blooß“ preis, was ihm alles Seltsames durch den Kopf geht. Sein Lieblingssatz seither: Was machscht du eichentlich unner de Woch?“ Konrad ist verheiratet und lebt in seiner Geburtsstadt.

Facebook, Twitter und Instagram: @saachblooss
E-Mail: saachblooss@web.de

ÜBER

Uwe Herrmann

Geboren 1958 in Grünstadt. Jurastudium (o. A.), seit 1987 freiberuflicher Karikaturist. Mehrere Buchillustrationen. Ca. 17.000 Karikaturen für „Die Rheinpfalz“. Die „Abenteuer von Weck, Worscht & Woi“ im LEO. Hobbys: Sport, Kontrabass und Saxophon.

www.karikaturist.de

ÜBER

Lippler-bookz

Das sind Anja Lippler & Kai-Uwe Lippler. Wir lieben Bücher und haben es uns seit 2019 zur Aufgabe gemacht, unserer Leidenschaft für Gedrucktes zu folgen. Nach dem Motto „Von Pfälzern gemacht“, erreichen wir auch die junge Generation und legen dabei Wert auf klimaneutralen Druck und eine hochwertige Gestaltung.

TEAM

Mit Leidenschaft dabei: Das Ich-mään-jo-blooß-Team

Michael Konrad (Autor mit einem Faible für Hawaiihemden), **Uwe Herrmann** (Karikaturist und ständig unter Druck), **Beate Konrad-Hanika** (Buchhändlerin und Mitbewohnerin des Autors), **Anja Lippler** (Verlegerin und Frau der Zahlen), **Kai-Uwe Lippler** (Verleger und Visionär), **Nina Glanz** (Designerin, wenn der Magen nicht knurrt), **Stefan Hitschler** (Designer mit Riesling in der Blutbahn)

Saach blooß: Das große Buch der Pfälzer Redewendungen

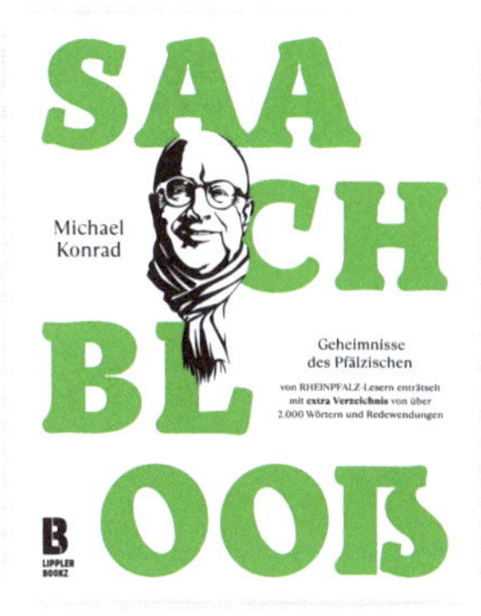

Die Zeitungsserie „Saach blooß“ ist ein lebendiges Sprachforschungsprojekt mit tausenden Mitmachern. Seit 2002 geht „Rheinpfalz-am-Sonntag“-Redakteur Michael Konrad Pfälzer Begriffen und Redewendungen auf den Grund und lässt die Menschen zu Wort kommen. Seither wird diskutiert: über „Kennscht de Hilbert?“ und „mit de Gääs gezackert“, über „die Retsch“ und „de Dollbohrer“. Für dieses große Buch der Pfälzer Redewendungen wurden alle Beiträge aus 20 Jahren gesammelt und überarbeitet.

Mit 2.000 Einträgen
im Stichwortverzeichnis
und 258 Karikaturen
von Uwe Herrmann

Saach blooß

Geheimnisse des Pfälzischen

Michael Konrad

Hardcover
572 Seiten
20 × 24 cm

ISBN 978-3-948880-05-7
39,90 Euro

Können Sie Pfälzisch?
Edition Babbelgosch

Ein ultimativer Test in 50 Fragen

Hardcover · 120 Seiten · 12 × 12 cm

ISBN 978-3-948880-06-4

12,80 Euro

Können Sie Pfälzisch?
Edition Herzkersch

Ein ultimativer Test in 50 Fragen

Hardcover · 120 Seiten · 12 × 12 cm

ISBN 978-3-948880-10-1

12,80 Euro

Können Sie Pfälzisch?
Edition Fuddler

Ein ultimativer Test in 50 Fragen

Hardcover · 120 Seiten · 12 × 12 cm

ISBN 978-3-948880-12-5

12,80 Euro

Können Sie Pfälzisch?
Edition Dibbelschisser

Ein ultimativer Test in 50 Fragen

Hardcover · 120 Seiten · 12 × 12 cm

ISBN 978-3-948880-11-8

12,80 Euro

Wir lieben Waldbaden für Erwachsene

978-3-948880-03-3
22,99 Euro

Wir lieben Waldbaden für Familien

978-3-948880-00-2
22,99 Euro

Wir lieben Waldbaden – Übungskarten für Familien

978-3-948880-04-0
19,99 Euro

Locals im Glück Pfalz

978-3-948880-02-6
19,99 Euro

Mutig ins Glück

978-3-948880-14-9
19,99 Euro

Sternen Staub Wolke

978-3-948880-15-6
13,99 Euro

VERLAGSPROGRAMM

Erhältlich bei Deinem Lieblings-Buchhändler und auf lipplerbookz.de

Storiez Lifestyle & Home – Pfalz

978-3-948880-01-9
29,70 Euro

IMPRESSUM

Lipplerbookz Buchverlag GbR · Kai-Uwe Lippler & Anja Lippler
Friedensstraße 40 · 76855 Annweiler am Trifels
Telefon 06346 9039689 · hallo@lipplerbookz.de

Besuchen Sie uns digital: www.lipplerbookz.de

Facebook: @lipplerbookz.de
Instagram: @lipplerbookz

Printed in Czech Republic · ISBN 978-3-948880-13-2

Autor
Michael Konrad, Landau

Karikaturen
Uwe Herrmann, Obersimten

Projektleitung
Stefan Hitschler,
Rhodt unter Rietburg

Konzeption, Gestaltung, Satz, Produktion und Projektmanagement
Kaisers Ideenreich,
Rhodt unter Rietburg
www.kaisers-ideenreich.de

Coverporträt
Diana Lazaru, Mannheim

Korrektorat
Andreas Lenz, Heidelberg

Papiere
Garda Art Gloss 135 g
(Umschlag)
Maestro Print 120 g
(Inhalt, Vor- und Nachsatz)

Schriften
TT Barrels, TT Phobos und
TT Hoves von TypeType
Mrs Lollipop von Hipopotam Studio
Better Times von Set Sail Studios

Fotos
Leah Sophie Roth (Seite 112)
Uwe Herrmann (Seite 113)
Melanie Hubach (Seite 113)

Veredelung
Forchheimer Folie Pearl (Umschlag)
Pantone 811 Neon Orange (Umschlag)

Druck und Verarbeitung
Klimaneutral auf FSC® Mix-Papier
aus verantwortungsvollen Quellen
durch Finidr s.r.o., Český Těšín

Product footprint CO_2 Neutral PBN-CFMCP-015258 www.preferredbynature.org

FSC® www.fsc.org MIX Papier | Fördert gute Waldnutzung FSC® C014138

De Ding,
auch:
Die Ding.